ER & SIE

Ernestine Koch

ER und SIE

Szenen aus dem Leben

Ernestine Koch

ER und SIE
Szenen aus dem Leben

Das Buch zur beliebten
Hörfunk-Sendereihe des Bayerischen
Rundfunks
mit Ruth Kappelsberger
und Walter Sedlmayr

Illustrationen
von Peter Schimmel

Verlagsanstalt »Bayerland« Dachau

Herausgeber:
Druckerei und Verlagsanstalt »Bayerland« Anton Steigenberger,
8060 Dachau, Konrad-Adenauer-Straße 19

Gesamtherstellung:
Druckerei und Verlagsanstalt »Bayerland« Anton Steigenberger,
8060 Dachau, Konrad-Adenauer-Straße 19

Titelgestaltung und Illustrationen: Peter Schimmel

Fotos: Paul Sessner

4. Auflage 1983

Printed in Germany · ISBN 3-922394-17-5

Inhaltsverzeichnis

ER und SIE
Szenen aus dem Leben

ER und SIE sind Münchner, ein Ehepaar in den Fünfzigern, Typ bürgerlicher Mittelstand, mit entsprechend moderatem, nicht breitem bayerischem Dialekt, in langjähriger Ehe angenehm aufeinander eingespielt: ER eher cholerisch, mit sorgfältig gepflegter Veranlagung zu Lehrhaftigkeit; SIE eher sanguinisch, mit einem durch Übung und Erfahrung gereiften Talent zu stiller Widerborstigkeit – kurzum ein ziemlich normales Paar.

In der Hörfunk-Sendereihe des Bayerischen Rundfunks ist SIE Ruth Kappelsberger, ER ist Walter Sedlmayr. Im wirklichen Leben aber sind das ... vielleicht Sie, liebe Leserin und lieber Leser.

Alle Szenen spielen am Samstagvormittag kurz vor zehn Uhr in der Wohnung des Paares. Und die sieht aus – nun, vielleicht auch wie die Ihre, meine Lieben.

Erste Szene: Im Fluß der Zeit

Der Samstag ist als Frei-Tag ein besserer Sonntag, ein Atemholen zwischen werktäglichen Pflichten und sonntäglichen Verwandtenbesuchen, ein Tag, den ER und SIE besonders gern genießen. Wenn nicht ein vorhergehender Skatabend störende Reste hinterlassen hat. Dann muß SIE staubsaugen, findet sie. ER nicht. Während sie also schon eifrig am Werkeln ist, leistet er wie bei jeder Hausarbeit passiven Widerstand. Dabei streckt er die Beine weit von sich und verbirgt sein Gesicht hinter der Zeitung.

SIE Vater?

ER Ja?

SIE Bist so gut und tust d' Füß a bißl hoch, damit ich mitm Staubsauger da hinter kann?

ER Muß des grad jetzt sein, wo i Zeitung les?

SIE *mit dem Konjunktiv bayrischer Höflichkeit:*
Ja, weil i halt jetzt grad mitm Staubsauger da wär, weißt.

ER *leicht gereizt:*
Des is ja eben! Kannst des net später machen?

SIE *unverändert freundlich:*
Schon. Aber später mußt ja d' Füß genauso hochhebn, Ludwig.

ER *eigensinnig, besonders weil sie mit der Nennung seines Vornamens die Sache auf die private Ebene zu heben versucht:*
Später les i aber nimmer.

SIE *nachgiebig:*
Is eigentlich wahr.

Diese Rückzugstechnik hat SIE nicht dem Judo-Kampfsport entnommen, den sie nicht beherrscht. Doch ist es hier wie dort die gleiche, nämlich: Ohne eigene Kraftanstrengung den Schwung des Gegners zu dessen Sturz zu nützen.

ER Eben.

SIE Gut. Dann kannst es ja später auch selber machn. Und ich kann glei drübn fertig aufräumen, gell?

ER *Voll im Rückzug begriffen:*
Nein, jetzt wart nur amal! Schalt halt an Moment aus. I habs ja glei!

SIE No, meinetwegen.

SIE schaltet den Staubsauger aus und schafft damit den akustischen Freiraum zur Vorbereitung ihres für den Kenner bereits vorprogrammierten Sieges. ER ist irritiert durch ihr unvermutet rasches Entgegenkommen, kontert mit Nachgiebigkeit und läßt die Zeitung sinken.

ER Es steht ja sowieso nix Neues drin.

SIE Wieso, is des die gestrige?

ER Nein, scho die heutige.

SIE Und nix Neus? Net amal bei die Todesanzeigen? Ah geh!

ER Ja, einzelne Neuigkeiten gibts natürlich immer. Aber im Prinzip is doch jeden Tag 's gleiche. Was wolln s' denn aa scho immer Neus schreibn. Is doch ghupft wie gsprungen.

SIE So?

ER Was heißt »so«?

SIE Nix. Einfach so.

Damit ist das Vorgeplänkel beendet, die Kämpfer greifen zum Florett. ER wird dabei in kühnem Schwung und mit Ausnützung seiner gymnasialen Bildungsrestbestände den Angriff wagen. SIE wird ihn durch geschicktes Zurückweichen in sumpfiges Gelände locken, wobei sie einzelne seiner Worte als sichere Standinseln benützt, von denen aus sie Scheingefechte führen kann.

ER I weiß scho, was d' meinst: »Wenn nix drinsteht, mußt es ja net lesen.«

SIE Wieso? Ich les sehr gern Zeitung.

ER Nein, i mein ja, daß du meinst, ich muß es net lesen.

SIE Ja, du mußt überhaupt nix, Ludwig. Ich mach dir doch keine Vorschriften. Aber wenns d' net lesen willst, kann ich ja jetzt staubsaugen, oder?

ER Nein! Du verstehst mi wieder amal völlig falsch, Luise!

SIE Was isn? Hast Sodbrennen?

ER Wieso kommst jetzt auf Sodbrennen?

SIE Weil . . . wenns d' »Luise« sagst, hast meistens Sodbrennen oder irgendan Ärger. Is doch was Unangenehms dringstanden, hm?

ER Nein, Mama! Schau, ich will dir ja nur erklären, daß da zwei Prinzipien zusammentreffen.

SIE Ja, des sagt der Doktor auch: Des Sodbrennen hängt mitm Ärgern z'samm.

ER Nein.

SIE Doch! Sagt er. Tatsache.

ER Nein, i red doch von ganz was anderm! Nämlich immer noch vom Zeitunglesen. Und da kann ma sagn: Einesteils gibts nie was Neues, weils überhaupt nix Neues unter der Sonne gibt und weil alles schon amal dagwesen is . . .

SIE Ja. Leider. Und wer weiß, wie des no weitergeht . . .

ER Jetzt laß mich doch erst ausreden!

SIE Ja, red nur, Ludwig.

Mit diesem freundlichen Zugeständnis und einem aufmerksam-nachsichtigen Gattinnenblick lockt SIE ihn in die Wildnis seiner stets wuchernden Erklärungen. ER ist sofort verwirrt durch ihr unerwartetes Interesse.

ER Jetzt – jetzt hast mi drausbracht. Was wollt i sagn?

SIE Daß nix Neus gibt in der Zeitung. Aber des hast ja scho vorher gsagt ghabt.

ER Ja – des war einerseits. Und andererseits gibts eben doch ständig was Neues. Weil sich ja ständig was ändert. Des hat ja scho der . . . Dings gsagt, der Philosoph . . . wie heißt er denn glei? . . . No, is ja Wurscht. Jedenfalls: »Du steigst nicht zweimal in den gleichen Fluß.«

SIE Ich? Neisteigen? Net einmal, Ludwig! Bei dem Dreck, der heut drin rumschwimmt! Müßt mir einfalln! Und überhaupt: Bei meiner empfindlichen Haut.

ER T-t-t!

SIE Ja, is wirklich wahr! Und dabei soll 's Wasser bei uns noch gut sein. Anderswo, im Rhein oder so . . ., da müssen s' ja scho 's reinste Säurebad habn. Da beizts einen ja ab bis auf die Knochen. Ja, des käm ja für mich nie in Frage.

ER Ich hab doch dich auch gar net gmeint.

SIE Und? Du kannst scho glei gar net neisteign, Papa, – bei deim Rheuma. Da geht allenfalls der Staffelsee. Und der erst im Sommer, wenns wirklich warm is. – Soll i jetzt net lieber doch fertigmachen da herin?

Damit bietet SIE ihm eine Beendigung des ungleichen Kampfes an – selbstverständlich zu ihren Gunsten. ER aber wagt eine neue Runde, befangen in dem üblichen Wahn, er habe die besseren Waffen. Diese bestehen für einen Bayern vor allem in der nachdrücklichen Verwendung des Hochdeutschen. Er bringt zusätzlich die Anrede »Luise« häufiger ins Treffen und begeht damit einen weiteren taktischen Fehler. Sie wird dadurch an ihr Schülerinnendasein erinnert, was ihren Widerstand zusehends festigt.

ER Wenn ma nur einmal mit dir was zu End reden könnt! Des mit dem Fluß war doch ganz anders gmeint – sozusagen als Bild für das Leben überhaupt! Weil das Leben eben auch manchmal . . . so unverändert erscheint, gewissermaßen wie ein Fluß, der auch ewig und ewig so gleich dahinfließt – Tag für Tag . . .

SIE *milde:*
Geh, Vater! Wo im Frühjahr d' Isar doch wieder so a Hochwasser ghabt hat . . .

ER Ja, Luise, schon! Aber im Prinzip is doch die Isar immer die Isar geblieben.

SIE Ja! Im Prinzip freilich! Aber im Wasserstand net.

ER Jaja, da siehst es eben, netwahr. Das Wasser, das daherkommt, is in jedem Augenblick anders. Und das is eben der Wechsel. Das Wasser als solches is ja nie das gleiche.

SIE So? Dann ham s' uns in der Schul was Falsches gsagt.

ER Wie meinst?

SIE Ja, weil is doch no ganz genau weiß. Mir hams ja zeichnet, bis mir an Drehwurm kriegt ham. Wolken, Fluß, Regen: da gehts runter; dann Verdunstung, Nebel, Wolken: da gehts wieder nauf; dann von de Wolken aus wieder runter: Regen, Fluß. Und immer so zu. Immer des gleiche Wasser.

ER Ja, Mama! Im physikalischen Sinn schon! Da hast scho recht. Aber im philosophischen Sinn eben nicht! Da is der Fluß . . . respektive der Mensch . . . also jedenfalls . . . im Verhältnis zum Wasser . . . beziehungsweise überhaupt: Du kannst nie zweimal genau das Gleiche tun. Des is unmöglich!

Seine Verwirrung ist vollständig, seine Niederlage ist vollkommen, ihr Sieg eindeutig. SIE aber hat in mehr als dreißigjähriger Ehe – diese Zeitspanne betonen beide gern – gelernt, daß nichts zu nachhaltigeren Verlusten führt als ein voll ausgekosteter Sieg. Ihn zu verschenken, wäre dennoch unklug. Ihre Kunst muß vielmehr darin bestehen, den eigenen Erfolg nicht nur geschickt zu kaschieren, sondern ihn in gemeinsame, liebevoll ausgekostete Genüsse zu verwandeln.

SIE *wirkt leicht abwesend:*
Ja, richtig, Ludwig, da erinnerst mich an was. Des müss' ma unbedingt besprechen. Wegen morgen, wegen dem Bsuch.

ER Wegen wem?

SIE No, wegen dem Bsuch halt. Mit dene geh ich nämlich net wieder ins Museum. I war scho vorigen Sonntag mit die andern. Und zweimal hintereinander – also des is mir einfach zuviel. Mir tun heut no d' Füß weh, wenn i bloß dran denk.

ER *röchelt gequält, teils weil er seine Niederlage zu begreifen beginnt, teils weil sie wieder einmal vom Thema abkommt, teils weil er selber den auf ihn zukommenden Museumsbesuch fürchtet:*
Geh, Mama, nein!

SIE Du magst auch net, gell? Du, Ludwig, und wenn mir in Botanischen gehn mit denen? Des is ja auch sehr bildend. Und da hams mehr Bänk.

ER *gepeinigt:*
Nein, Luise, bitte!

SIE Hams die nimmer? Siehst, so lang war i scho nimmer draußen. Wirklich schad. Weißt was, dann nehmen mir halt Klappstühl mit. Unsere ganz kleinen.

ER *aufheulend:*
Nein!

SIE *begütigend:*
I hab ja nur gmeint, Vater. Aber wenns d' dagegen bist . . .

ER *gebrochen:*
I bin doch net dagegen!

SIE Warum hast dann nein gsagt?

ER Des war doch nur . . . Ach, es is immer das gleiche: Da fangt ma mit einem philosophischen Thema über den Fluß der Zeit an – und du endest mit einem Klappstuhl im Botanischen Garten!

SIE *mit überwältigender Sanftmut:*

Aber wenn i dir doch sag, Ludwig: Es war ja nur a Vorschlag. Wenns d' lieber einen Fluß hättst: bitte – gehn mir an d' Isar.

ER *matt:*
Mama!

SIE Doch, ja, zum Grillen oder so. Des is doch auch sehr schön. Und romantisch! D' Vögerl singen, der Fluß rauscht . . . und außerdem hat ma dann net den ganzen Gstank von der Grillerei in der Wohnung. Mach ma Schweinswürstl, Vater?

ER Ja, wies d' meinst . . .

Der psychologisch geschulte Leser weiß, daß jetzt nur noch Kleinigkeiten zur vollen Wiederherstellung des ehelichen Glückes fehlen. Die Auswahl in einschlägigen Maßnahmen ist dabei groß, aber individuell beschränkt. SIE zum Beispiel vermeidet grundsätzlich das Abzupfen von Flusen an seinem Anzug, das er haßt. ER hingegen verwendet keinerlei Zärtlichkeiten, zumal dann, wenn er – wie jetzt – seine Zeitung fertiglesen möchte. Dennoch führen beide ein gutes Ende herbei.

SIE Wirst sehn, Bärle, des wird nett. Und du kannst dei alte Hosn anziehn, weils Fett sowieso immer so spritzt.

ER Mhm.

SIE Dann müßt ma aber no was einkaufen. Wär lieb, wenns d' mitgehn tätst – wegm Tragn.

ER Ja, kann i.

SIE Und weißt was: Dann mach i schnell drüben fertig und du kannst da herin schnell a bißl staubsaugen. Dann könn ma mitnand gehn, mir zwei . . .

Zweite Szene: Familienangelegenheiten

Dies scheint ein unruhiger Samstag zu werden. ER sitzt zwar geruhsam im Wohnzimmer hinter seiner Zeitung, versunken in die Kompliziertheit der Weltläufe. SIE aber trabt in eilfertigem Stakkato durch die Wohnung, verharrt, zieht eine Schublade, öffnet eine Tür, verschwindet, kommt wieder, irrt weiter, kramt hörbar in der Küche herum.

SIE *milde Verzweiflung in der Stimme:*
Vater!

ER Ja?

SIE *weiter von fern:*
Hast du mei Brille gsehn?

ER rührt sich zunächst gar nicht. Denn seit sie eine Lesebrille braucht, hat sich die Suche danach zu einem feststehenden Ritual entwickelt. Der Dialog ist dabei immer der gleiche.

ER *automatisch:*
Warum? Suchst es?

SIE *immer noch in der Küche:*
Freilich! Sonst tät i doch net fragn. Liegt s' net bei dir drüben?

ER *ohne aufzuschauen:*
I seh nix. Wo soll s' denn liegen?

SIE Vielleicht beim Fernseher – beim Programm – irgendwo . . .

ER *wirft nur einen zerstreuten Blick in die Runde:*
Nein, da is nix, Mama.

SIE *näherkommend:*
Des gibts doch gar net! Wo kann denn die sein? Hast es net gsehn, Papa?

Damit ist der nächste Akt der Brillensuche eröffnet: die Alarmierung aller Anwesenden zur Fahndungsaktion. Diesmal steht allerdings nicht die volle Besatzung mit Mann, Kindern, Schwiegersohn und Enkelin zur Verfügung. Ihn trifft die längst gewohnte Aufgabe allein.

ER *väterlich:*
Nur keine Aufregung! Wo hast es denn zuletzt ghabt, Luiserl?

SIE Da herin. Gestern abend.

ER Hernach hast aber noch glesen – im Bett, net? Die wird halt auf deim Nachtkastl liegn.

SIE Nein, Papa! Da hab i doch scho gschaut! Da is nicht. Und ich hab s' ja auch heut scho einmal ghabt – irgendwo . . .

ER *wie immer bei dieser Gelegenheit:*
I tät mir halt dann endlich amal so a Ketterl kaufen zum Umhängen, wies andere Frauen auch ham. Dann hast dei Brille immer bei dir.

SIE . . . und dauernd hängt s' mir ins Essen nei und überall . . .

ER Zum Essen kannst es ja ablegen, Luise. Da brauchst as ja net.

SIE Dann such i s' hernach ja doch wieder – mitsamtm Ketterl. Und ständig is vertrenzt.

ER Das läßt sich sehr leicht ändern, Luise, wenn du deine Brille regelmäßig putzt.

SIE *mit der ihr eigenen Logik:*
Wenn i s' net find, kann i s' auch net putzen. Geh, sei so gut, Vater, und leih mir an Moment die deine.

ER *reicht sie ihr, obwohl er weiß:*
Die paßt dir doch gar net, Mama.

SIE *philosophisch:*
Besser wie nix is auf jeden Fall.

SIE versucht, in dem mitgebrachten Kochbuch durch geschickte Veränderung der Abstände zwischen Brille, Augen und Buch zu lesen. ER beobachtet gelassen ihre vergeblichen Versuche.

ER Geht's?

SIE Ja – nein – schau her – des heißt doch – Zi – naa – Zimt! – ach wo, des heißt scho »Zitronenkuchen«, gell, Vater?

ER Ja, ohne Brille kann ichs auch net lesen, Muckerl. Komm, gib mir s' wieder.

SIE I mein schon, daß er des is – oder? Da links steht er immer . . . da! . . . Irgendwo . . .

ER *betont langsam:*
Ja. Nur mit der Ruhe. Laß mir s' doch erst aufsetzen, mei Brilln. Jetzt. Jetzt seh ichs. – Nein, Mama, des heißt »Zitronenschnitten«.

SIE Schnitten? Dann is des die Abteilung Kleingebäck. Schau amal weiter hinten, da, wo wieder solche Fettflecken kommen – da müssen dann die Kuchen sein . . .

Jetzt erst merkt ER, daß sich eine samstägliche Geschäftigkeit zu entfalten droht, die ihm tief zuwider ist. Theoretisch schätzt er zwar hausfrauliche Tüchtigkeit ungemein; praktisch aber stört sie ihn bei der vollen Entfaltung der sogenannten königlich bayerischen Seelenruhe.

ER *voll übler Ahnungen:*
Wieso? Was willst denn eigentlich? Fangst du jetzt as Backen an oder was?

SIE *beruhigend:*
Nur a Kleinigkeit! Weil i mein, es is vielleicht doch gscheiter, wenn mir a bißl was auftragn, morgn.

ER Für wen?

SIE Fürn Maxl halt – und für sei Freundin.

ER *eifersüchtig:*
Geh, was backst denn da wieder lang rum für den Herrn Sohn?

SIE Lang gar net. Des is ja gleich gschehn ...

ER ... aber absolut unnötig. Du weißt, daß er net will, daß du dir immer so viel Arbeit machst ...

SIE ... und daß er 'n gern ißt. Jetzt such mirs halt gschwind raus, des Rezept, Papa. Lohnt doch gar net, daß ma lang rumredt wegen dem bißl Kuchen.

ER Mama, es geht nicht um den Kuchen. Es geht ums Prinzip.

SIE Ach, du immer mit deim Prinzip!

ER betritt wieder einmal den gewohnten Pfad seiner Lehrhaftigkeit, auf dem SIE ihm – wie er meint – nie richtig folgen kann. Oder will.

ER Ich begreif net, daß du des net verstehst, Mama! Es is nicht gut, wenns d' den Bubn so verwöhnst.

SIE Bubn – mit seine 27 Jahr ...

ER Eben! Und du tust immer, als tät er an Unterernährung zugrunde gehn, wenns d' ihm net sofort bei jedem Besuch deinen Zitronenkuchen hintneistopfst.

SIE *tadelnd:*
Geh, Papa – bitte! ... Sei so gut!

ER Symbolisch nur – gewissermaßen. Außerdem is der ganze Aufwand grundsätzlich net richtig, wenn er 's erstemal sei neue Freundin mitbringt. A frisch gebackener Kuchen – des sieht immer gleich so offiziell aus.

SIE Und wenn i ihr bloß a paar Salzstangerl hinstell, dann siehts notig aus.

ER Wieso denn? Des is doch heut des übliche Geknabbere. Schon weil die jungen Damen alle schlank sein wolln.

SIE Woher willst du des wissen? Außerdem machen Salzstangerl ja sogar dick.

ER Seit wann? Da is doch nix dran!

SIE Doch. Salz. Und Salz schwemmt auf.

ER *zusehends verärgert über ihr Widersprechen:*
Des mußt ihr ja net glei sagn.

SIE Des tu i scho net. Weil ich ihr auch keine hinstell. Schau, Papa, wenn der Maxl doch extra anruft und sagt, daß er mit ihr kommt, dann . . .

ER . . . dann tut er des nicht wegen deim Zitronenkuchen. Sondern allenfalls, weil der Wetterbericht schlecht ist . . . oder . . . weil s' gmütlich sitzen wolln oder was . . .

SIE Gmütlich sitzen können s' in seinem Appartement auch.

ER *voll auf der Höhe:*
Und warum? Weils d' es ihm wieder amal picobello gstöbert hast. Ich weiß es schon, Luise! Auch wenn man mir solche Sachen nicht sagt!

SIE *mit einem letzten Versuch, ihn zu begütigen:*
Mei, wenn er halt jetzt wieder niemand hat fürs Putzen . . .

ER *giftig:*
Für des hast dann du wieder die rausgsprungenen Bandscheiben! Und ich hab dich dann wieder daliegen!

Beide verstummen. Wie immer, wenn sie allzu Unterschiedliches trennt. Tradition, Erfahrung und das Wissen um ihre zwei bayrischen Dickköpfe hindern sie glücklicherweise in einem solchen Fall am ebenso modischen wie nutzlosen Ausdiskutieren. Sie handeln vielmehr nach dem alten Sprichwort: »Reden ist Silber, Schweigen ist Gold«.

SIE *lenkt vorsichtig ein:*
Noja . . . Vater . . . wenns d' meinst . . . dann back i halt nix.

ER *seinerseits entgegenkommend:*
Es war ja nur a Vorschlag. Du weißt, ich red dir in dein Haushalt nix ein.

SIE Noja . . . vielleicht hast recht . . . was soll i dann hinstelln zum Kaffee?

ER Wieso willst denn überhaupt an Kaffee machen? Du kennst doch deinen Herrn Sohn . . .

SIE Meinen?

ER *versöhnlich:*
Unsern . . . und seine geringe Neigung zu einer bürgerlichen Kaffeetafel.

SIE Bisher – ja. Bei der Helga wars aber zerst genauso. Ihr Peter hats aa net leiden mögn. Und heut sins froh, wenn s' am Sonntag mit der Stutzi zum Essen kommen können und bloß d' Füß untern Tisch stelln brauchen.

ER Eben! Dann wart halt ab, bis der Maxl aa so weit is. Mir ham uns ja schließlich seinerzeit auch net gleich von Anfang an in den elterlichen Zitronenkuchen neisetzen wolln.

SIE Weils auch gar kein gebn hat, damals. Da warst ja scho froh, wenn dir d' Mama gröste Kartoffel hingstellt hat.

ER Mit Speck! Des weiß ich noch genau. Des war ja 1947 a Sensation.

SIE Ludwig, des war 46. 47 ham mir ja scho gheirat.

ER Jaja, ich weiß schon. Aber damals hab i ja aa no Speckkartoffeln kriegt. Mit Krusterl. Sehr fein . . .

Wieder machen Sie eine kleine Pause, diesmal aber, damit die Vergangenheit Zeit hat, sie einzuholen.

SIE *seufzt schließlich:*
Ach ja. Gibts des, daß des scho so lang her ist, Ludwig? Dabei komm i mir no gar net so alt vor.

ER *tröstend:*
Bist ja auch net, Luiserl. Was hast denn heut wieder?

SIE Was denn scho . . . Wo mir scho bald auf den Sechziger zugehn.

ER Da is noch weit hin – bsonders für dich. Und überhaupt sieht ma dir des gar net an.

SIE Du vielleicht net. Weils d' mich jeden Tag siehst. Ich komm mir ja auch immer gleich vor, wenn i in Spiegel schau. Aber an die alten Foto merk i den Unterschied.

ER Weil du eben auf keinem Foto wirklich gut getroffen bist. Du hast amal kein Fotografiergsicht, Luiserl. In Wirklichkeit wirkst du ganz anders. Sehr jugendlich. Bestimmt.

SIE *glücklich:*
Des is lieb von dir, Bärle.

ER Was heißt da lieb? Des is Tatsache.

SIE *seufzt wieder:*
Jaja – des meint ma. Eim selber kommen immer nur die andern alt vor. I muß oft denken, wie mir uns kennenglernt habn, da warn meine Eltern so alt wie mir jetzt. Damals hab i des Gfühl ghabt: »Mei, du kannst doch die alten Leut net einfach so allein lassen!« – Alte Leut! Des sin jetzt mir, Vater.

ER Ah geh, Mama, was is denn heut mit dir? Wenns du dein melancholischen Tag hast ... Ham mir eigentlich Föhn?

SIE Leider nicht. Sonst wärs ja noch gut.

Erklärung für Nichtbayern: Der Föhn wird bei uns verantwortlich gemacht für Depressionen, Pulsbeschleunigung, Kopfschmerzen, außerdem für Blechschäden, Mahnschreiben, saure Milch, zukünftige Alimentenzahlungen, leichte bis mittlere Staatskrisen – kurzum für fast alles. Ist er vorüber, schwinden auch seine Folgeerscheinungen – leider nicht die zuletzt genannten. Statistiken scheinen das auch zu beweisen. Zugereiste allerdings glauben es erst, wenn der Föhn sie erwischt hat. Wenn er sie nicht erwischt, glauben sie zumindest bald an seine segensreiche Wirkung als landesübliche Ausrede.

ER *schließt daraus:*
Geh, Mama, es is ja alles net so dramatisch. Erstens kann von Alleinsein bei dir scho deswegen keine Rede sein, weils d' ja schließlich mich noch hast ...

SIE *zärtlich:*
Gottseidank, Bärle.

ER Und zweitens: Selbst wenn der Maxl heirat, is doch noch lang net aus.

Was hast dir seinerzeit bei der Helga für Kopfzerbrechen gmacht! Und jetzt geht doch alles wunderbar!

SIE Wunderbar! Neulich hat s' wieder so schlecht ausgschaut. Ganz blaß! Sogar des Hühnerleberl hat s' stehn lassen, des sonst so gern ißt!

ER *ungeduldig:*
Meine Zeit, Mama! An einem ungegessenen Hühnerleberl is doch kein Mensch gstorbn.

SIE Des is ja eben!

ER Was?

SIE Noja – 's Gegenteil halt. Wie s' damals d' Stutzi erwart hat, hat s' auch oft nix essen mögn.

ER Wieso? Is was los? Hat sie was gsagt?

SIE Direkt net, aber . . . D' Stutzi is jetzt sieben Jahr alt und wenn s' a Gschwisterl kriegn soll, wirds langsam Zeit. D' Helga ist ja schließlich auch schon 31! – Was schaust denn so?

ER Nein! Das werd ich nie begreifen, warum du net begreifen kannst, daß die Kinder erwachsen sind! Des muß doch alles nimmer deine Sorge sein, Mama! Jedes is selbständig, jedes hat seinen Beruf erlernt . . .

SIE Beruf – ja – da ham mirs schon. Hast net ghört, was der Peter neulich gsagt hat?

ER Was denn scho wieder? Der sagt viel . . .

SIE Wegen dem Haus, des er baun will, auf dem Grundstück, des er g'erbt hat. Du wirst doch net glauben, daß d' Helga da net auch wieder mitverdienen muß. Wie wolln s' denn sonst des Geld zammbringen. Da geht sie dann eben wieder ins Labor. Und wer schaut dann auf d' Stutzi auf, wenn s' von der Schul heimkommt?

ER *wie immer schroff ablehnend, wenn er das Unvermeidliche bereits deutlich vor sich sieht:*
Du jedenfalls nicht, Mama.

SIE Wer denn dann?

ER Das weiß ich nicht. Jedenfalls nicht jetzt, am Samstagvormittag.

ER greift nach seiner Zeitung als Signal zur Beendigung der Debatte, und kramt umständlich nach der Samstagsbeilage. Auf dem Tisch darunter liegt ihre Brille.

SIE Ah, da schau her, da is ja! Unter d' Zeitung is neigrutscht gwesen, mei Brilln!

ER Na also – siehst – so geht wieder amal alles gut naus.

SIE Noja, wolln mirs hoffen. Und – weißt was, Papa . . .

ER *schon im Lesen:*
Nein. Was noch?

SIE Jetzt mach i doch gschwind an Zitronenkuchen.

ER *stöhnt:*
Mama! Geh!

SIE Net fürn Maxl! Nur für uns. Du ißt 'n doch auch gern, oder? Und wenn s' dann doch morgen an Kaffee wolln – dann können mir ihnen ja a paar Stückl anbieten, mir zwei . . .

Dritte Szene: Grillen

Es ist eines jener seltenen Wochenenden, bei denen schönes Werktagswetter einmal nicht in Regen umschlägt. ER und SIE haben auf dem Balkon gefrühstückt. Sie ist schon zum Einkaufen weg. Er ist noch eine Weile vor seinem letzten Neigerl Kaffee gesessen. Aber weil ihm die Zeitung in die weich werdende Butter gesunken ist, hat er schon mit dem Abräumen begonnen, als sie mit dem vollen Henkelkorb zurückkommt.

SIE *ruft schon am Gang:*
Vater?

ER *werkelt demonstrativ laut in der Küche:*
Ja?

SIE Ah, du bist scho beim Abtragn. I hör di scho klappern.

ER Mich nicht. Des is bloß 's Gschirr.

SIE *spitzt näherkommend lediglich die Lippen:*
Bussi! Des is aber lieb von dir.

ER *knurrt:*
Was heißt lieb? Ich kann ja nirgends mei Zeitung aufbreiten, wenn alles vollsteht. Wo warst denn wieder so lang?

SIE Beim Metzger. Des hab i doch gsagt, wie ich gangen bin.

ER Ja, aber net, daß d' den halben Vormittag drübn bleibst.

SIE Des hab ich auch net vorghabt. Aber was glaubst, wies da heut zugeht! Und weißt, wen ich troffen hab?

ER *exakt:*
Nein. Des weiß ich nicht, weil ich ja net dabei war.

SIE *während sie das Mitgebrachte in den Kühlschrank räumt:*
Die Frau Baumann.

ER Baumann? Kenn i net. Wer isn des?

SIE No, von die Baumanns halt. Die jungen Leut über uns! Die die Wohnung g'erbt ham von der Frau Lindinger. Er is ja a Neffe von ihr.

ER strebt bereits wieder dem Balkon zu, um sich draußen seiner Zeitung hinzugeben. Verwandtschaftsfragen interessieren ihn ohnehin wenig. Das ist – einschließlich der fälligen Geburtstagsbriefe – ihr Ressort. Ihm genügt in diesem Fall, daß in die darüber liegende Wohnung ruhige Leute eingezogen sind.

ER Mir solls recht sein. – Woher weißt 'n des eigentlich?

SIE Weil ich eben die junge Frau troffen hab – beim Metzger drübn. Und da sin mir ins Reden kommen. Du, die machen heut abend a Grillparty und . . .

ER Um Gottes willen! Net scho wieder!

SIE Wieso »net scho wieder«? Die ham doch no nie eine gmacht!

ER Nein, die nicht! Aber die von unten, die von links, die von rechts, die vom ersten Stock, die von gegenüber! Wenn unsereins sich einmal naussetzen könnt, dann rauchts und stinkts aus sämtliche Balkone!

SIE Noja – so schlimm is jetzt aa wieder net. Der Rauch verzieht si ja.

ER Des könnt i aa sagn, wenn ich mir amal a Zigarrn anzünd.

SIE Seit wann rauchst denn du wieder, Ludwig?

Sein Rauchen ist für sie ein rotes Tuch, obwohl SIE selbst gelegentlich eine Zigarette nimmt, wenn sie ihr angeboten wird. Seine schweren Zigarren aber gefährden – so sagt sie – seine Gesundheit und – so denkt sie – ihre sauberen Vorhänge. Beide Argumente erkennt ER als grundsätzlich richtig an, was nicht heißt, daß er ihr offiziell recht gibt.

ER *nuschelt:*
Ah, i rauch ja nur gelegentlich eine. Bloß wegen der Gsellschaft. Aber da is dann sofort a Nichtraucher da, der si aufregt. Die entwickeln ja heut in dem Punkt eine derartige Leidenschaft, die hätt früher für drei Kreuzzüg ins Heilige Land greicht . . .

SIE Mei, Vater, verstehn kann mas. Weil des Einatmen vom Rauch ja auch für die Nichtraucher schädlich is. Des is bewiesen.

ER Geh! Was heut alls bewiesen is – gegen des entsprechende Honorar! Da wenns d' mir net aufhörst! I glaub überhaupt nix mehr!

SIE *läßt ihr Lieblingsthema nicht aus:*
Aber in dem Fall kanns stimmen, Ludwig. Da ham s' sogar in Japan drübn a große Untersuchung gmacht.

ER *winkt ab:*
In Japan drübn . . . Wer weiß, was de für a Kraut rauchen.

SIE Aa nix anders wie bei uns. Aber rauskommen is dabei: Die Frauen von die Raucher wern viel häufiger krebskrank als andere.

ER Vielleicht, weil s' dauernd rumnörgeln an die Männer, wegn der Aschen aufm Teppich.

SIE Hab ich scho je was gsagt? Kein Wort!

ER Ich erwähne es ja auch nur vollständigkeitshalber. Denn bewiesen ist auch: dauernder Ärger ist ebenfalls krankheitsauslösend. Ständiger Verdruß ist ungesund. Außerdem macht mi des ewige Getu mit der G'sundheit sowieso scho bald krank. Net amal mehr Haarschneiden kannst dir no in Ruhe lassen.

SIE Wieso? Is Haarschneiden jetzt aa schädlich?

Ihre Frage ist durchaus berechtigt. Denn schließlich hat die Weltgesundheitsorganisation nur das vollkommene körperliche, seelische und soziale Wohlbefinden als »Gesundheit« definiert. Und ER fühlt sich ja keineswegs wohl beim Haareschneiden, mit der kribbelnden Maschine im Nacken, ganz abgesehen vom psychischen Unbehagen, das er jedesmal beim Bezahlen der stets steigenden Preise empfindet.

ER *mürrisch:*
's Haarschneiden gang no – aber 's Zeitungslesen dabei. Was dir da alls raten zum Gsundbleibn, des langat ja glatt für dreihundert Jahr Hypochondrie.

SIE So genau mußt es ja net nehmen. Aber schließlich: gsund bleibn und dabei recht alt wern, is doch schön. Möchst des net?

ER I scho. Fragt si nur, ob die andern des aa möchten. Vom Sozialbudget aus gsehn wärs jedenfalls am günstigsten, mir sterbaten vollkommen gsund glei beim Rentenbeginn. Dann wärn die meisten Finanzprobleme gelöst.

SIE *freundlich:*
Geh, Papa, was hast denn heut? Bist mitm linken Fuß aufgstanden? Jetzt laß mi doch zerst amal fertigreden. Also: die Baumanns grillen, und da . . .

ER . . . da holn sie sich den Krebs. Jawohl! Grillrückstände erzeugen Krebs. Außerdem wirds mir scho schlecht, wenn i die obrennten Schweinswürstl bloß riech!

SIE Ach, jetzt geht mir a Licht auf! Aus der Ecken kommst du! Weils dir voriges Jahr so fürchterlich schlecht worn is auf die grillten Schweinswürstl beim Irlmeier. Aber Ludwig, die Baumanns . . .

ER *fällt ihr wieder ins Wort:*
. . . solln da zum Grillen hingehn, wo is net riech! Warum lassen s' denn ihre Würst net draußen an der Isar verkohln? Da gibts herrliche Grillplätze! Offiziell zuglassen! Da können s' stinken, so viel s' mögn. Des stört keinen Menschen.

SIE Wer weiß, vielleicht störts d' Fisch.

ER D' Fisch riechen des net.

SIE Wer sagt denn des? Fisch können doch riechen.

ER Jaja, wenns d' es drei Tag lang in d' Sonn legst – dann schon.

SIE Nein, Ludwig, die riechen wirklich – i mein: echt. Die haben doch ein Geruchsorgan – da irgendwo – in der Nasn drin.

ER Mag scho sei. Aber d' Nasn ham s' ja net in die Grillplätz drin.

SIE *rechthaberisch:*
Aber im Wasser. Und wenn sich der Rauch drauf niederschlagt, dann riecht ihn der Fisch.

Damit ist ein allseits beliebtes Thema angeschnitten: Tiere. Fische werden zwar von Nichtanglern nicht für ganz voll genommen, weil sie sich kaum zum Streicheln eignen. Als Gegenstand für eheliche Auseinandersetzungen reichen sie allemal, wie Beispiel zeigt.

ER *hakt ein:*
Geh! Wann riecht ein Fisch scho was? Nur, wenn einer drin is. Und wo is scho einer?

SIE Noja, des is logisch: Wenn der Fisch nicht drin is, kann er freilich nichts riechen.

ER *lehrhaft:*
Das ist keineswegs logisch, mein liebes Kind!

SIE Wieso net?

ER Weil des eben keine logische Verknüpfung is.

SIE Wie – was?

ER Weil du ja auch nicht sagen kannst: Wenn der Hund nicht im Haus ist, kann er nicht bellen.

SIE Des sag i ja aa nie. Wie käm i dazu? Du jammerst doch auch jede Nacht über den Hund von der Koflerin, der wie wild losbelfert, sobald er nur draußen is: im Hof, auf der Straß und überall.

ER *streng:*
Luise! Bleib bitte bei der Sache! Es handelt sich hier nicht um den Hund als solchen . . .

SIE Warum redst dann davon?

ER . . . sondern um das Gesetz der Logik. Und in diesem Sinne ist eben die Fähigkeit des Fisches zu bellen . . .

SIE *spöttisch:*
Seit wann bellt a Fisch?

ER *zischt:*
T! – Kein Wunder, wenn ma dauernd aus dem Konzept gebracht werd! Ich will doch nur sagen . . . schau mi net so an.

SIE I schau doch gar net . . .
Ihr Gesichtsausdruck ist eine Mischung von Verwunderung, Spott, Ironie, innigem Verständnis und milder Nachsicht, kurzum: die ideale Kombination, um ihn zu reizen.

ER *mit schlecht verhohlenem Zorn:*
Du mußt nur genau zuhören, Luise, dann verstehst du auch, was ich meine. Also: die Fähigkeit des Fisches zu riechen, ist das eine. Seine Befindlichkeit im Wasser ist das andere. Logisch – verstehst – logisch besteht zwischen beidem überhaupt kein Zusammenhang! Denn Riechen und Schwimmen sind zwei Paar Stiefel.

SIE Des is mir auch klar. Aber der Fisch hängt schließlich an seiner Nasn dran, beziehungsweise d' Nasn am Fisch. Ohne Nasn kann er net schwimmen.

ER Luise! Es geht hier nicht um die einzelne Nase!

SIE Um wieviel denn? Mehr als eine hat ja keiner.

ER *lauter werdend:*
Es geht auch nicht um die Zahl der Nasen. Es geht hier um das Prinzip der Logik.

SIE Bei die Fisch? Ah geh, dene is doch des völlig Wurscht.

ER *aufs höchste gereizt:*
Luise! Bitte! Ich erkläre dir zum xten Mal: Das Prinzip der Logik verlangt einen klaren Zusammenhang zwischen Begriff, Urteil und Schluß!

Sein Kopf ist hochrot, sein Blutdruck mindestens auf 190. ER ist das lebende Beispiel dafür, daß leidenschaftliches Ringen um Prinzipien immer auf Kosten der vorhin erwähnten körperlichen, seelischen und sozialen Gesundheit geht. In ihrer ständigen Sorge um ihn lenkt SIE nun selbstverständlich ein.

SIE Noja, Papa, siehst es – da sin mir ja wieder beinander. Ich will ja scho dauernd zum Schluß kommen. Und des is: Daß uns die Baumanns herzlich zur Grillparty einladen. Damit ma sich kennenlernt. Und daß überhaupt keine Schweinswürstl gibt, sondern Steaks. Und Steaks magst du doch gern, net?

ER *mit letztem Gewittergrollen:*
Nicht, wenn s' zäh sin.

SIE Des sins scho net. I habs ja selber gsehn, wie sie s' gholt hat. Die warn wunderbar abgelagert. Ganz dunkel.

ER Zäh wern s' trotzdem, wenn ma s' net vorher rechtzeitig mit Öl einpinselt. I weiß doch! Mich stelln s' ja bei jeder Party an Grill hin, bis i riech wie a Räucherschinken.

SIE Noja, vielleicht machst es dann diesmal auch. Wär des nix? Dann weißt wenigstens, daß 's Fleisch genauso wird, wies d' es du gern hast.

ER *mit einem Schlußgrantler:*
I mags nur, wenns anständig gwürzt is.

SIE Noja, des kannst ja machen. Da redt dir bestimmt kein Mensch drei. Scho gar net die junge Frau. Die is nämlich wirklich sehr nett.

ER So?

SIE Jaja. A bißl a Mollige. Die is dir doch sicher scho aufgfallen, oder?

ER *gedankenverloren:*
I weiß wirklich net, wen du meinst.

SIE aber weiß, daß seine Zustimmung nun nur noch eine Frage der Zeit ist. Die läßt sie ihm. Stille Siege hält sie für die besten.

SIE Noja, Ludwig, des eilt ja jetzt alles gar net so arg. Überleg dirs nur. Und ob mir dann wirklich naufgehn, des sehn mir dann scho, mir zwei . . .

Vierte Szene: Hörfehler

Wir Bayern sind ein sinnenfrohes Volk. Und auch dem Geistigen, dem Guten, Wahren und Schönen nicht abgeneigt, wenngleich keiner genau weiß, was das sein soll. Hofbräuhaus, Wieskirche und Staatsoper aber verbinden das Unbestimmte nach unserem Dafürhalten nicht schlecht. ER schätzt besonders als preisgünstige Kombination mehrerer Genüsse seine Zeitung, vor allem die umfängliche Wochenendausgabe. Die geordnete Glätte des Papiers, der Duft nach Druckerschwärze, der reiche Inhalt und die nicht weniger reiche Möglichkeit, darüber zu granteln, und dies alles in Verbindung mit dem Genuß von reichlich gezuckertem Kaffee und frischen Semmeln, gehören für ihn zu den sichersten Grundlagen seines morgendlichen Wohlbefindens. Jeder Streik im Zeitungsgewerbe trifft ihn buchstäblich ins Mark. Heute ist ein ähnlicher Treffer erfolgt, wenn auch offenbar von anderer Seite.

ER *unheilschwanger:*
Luise!

SIE Ja?

ER Hast du wieder amal mei Zeitung ghabt?

SIE *unschuldig:*
Welche?

ER Die heutige!

SIE *zu harmlos:*
Ach die? Ja. Warum?

ER *hält ihr einen ungeordneten Blätterhaufen hin:*
Schau dir das an! Alles durcheinander! Und ganze Seiten fehlen! I hab ja glei gwußt, daß du wieder dran warst.

SIE Warum fragst denn dann no lang?

ER Luise! Wie oft hab ich dir schon gesagt: Wenn du die Zeitung nimmst, dann sei so gut und . . .

SIE *imitiert seine Lehrerpose:*
. . . und lege sie wieder in der richtigen Reihenfolge zusammen. – Das weiß ich! Jawohl, Herr Lehrer!

ER Und warum tust du es dann nicht?

SIE I hätts ja getan, aber . . .

ER *läuft zu großer Form auf:*
. . . aber du hast es eben nicht getan! Wie Beispiel zeigt! Und das machst du mir immer wieder! Dabei weißt du genau, daß ich meine Zeitung von vorn nach hinten systematisch lesen will. Wo ist Seite 17?

ER schiebt ihr empört und hilflos zugleich den ganzen Haufen zu. SIE überblickt nur gelassen die Unordnung. Bei einem Umfang von mehr als hundert Seiten ist die Suche nach einer einzigen ohnehin schwierig.

SIE *betont gleichgültig:*
Wieso? Was willst denn mit Seite 17? I tät halt vorn anfangen. Den vordern Teil hast doch. Da – des is d' Politik.

ER Luise! Du weißt, ich will die Zeitung vollständig und geordnet in der Hand haben, ehe ich . . . Ah geh, was red i denn! Es ist sinnlos! In manchen Dingen ist die weibliche Natur von einer Hartnäckigkeit, die ist geradezu atemberaubend.

SIE Noja. Für die lange Zeit, Vater, die mir scho verheirat sin, schnaufst no recht gut . . .

ER *mit Eiseskälte:*

Bitte, Luise, lenk jetzt nicht ab! Es gibt Dinge, die mich auch nach dreißig und etlichen Ehejahren noch aufregen können. Und zwar erheblich.

SIE *spöttisch:*
Dann sei doch zufrieden! Du legst doch so großen Wert auf deine Qualitäten als Mann.

Trotz deutlicher Ironie entspricht ihre Bemerkung den Tatsachen. Allerdings bescheidet ER sich – teils aus Prinzip, teils aus Bequemlichkeit, teils aus echter Neigung zu ihr – meist mit dem erfreulichen Gedanken an alle Möglichkeiten, die er hätte, wenn er täte, was er könnte, wenn er wollte.

ER Das steht im Moment nicht zur Debatte, Luise! Du weißt genau, was ich jetzt meine. Es gibt Kleinigkeiten in der Ehe, die . . .

SIE . . . die machen dich krank, jawohl! Ich leg die Zeitung immer falsch z'samm und drück die Zahnpastatube immer an der falschen Stell und . . .

ER . . . und des muß alles nicht sein, Luise! Auch eine Zahnpastatube kann man systematisch lesen . . . beziehungsweise leeren, wollt i sagn.

SIE *scheinheilig:*
Des mach i ja! I fang ja sowieso immer von vorn her an. Aber des is dir aa wieder net recht.

ER Weil hier das Verfahren umgekehrt is. Eine Tube wird von hinten nach vorn entleert! Des hab i dir scho oft gsagt. Nur so ist es handlich, ordentlich und sparsam. Drum drückt ma hinten.

SIE Ja, dann drück halt hinten! Ich red dir doch nix drein. Im Gegenteil. Mir is nur recht. Dann gehts sogar leichter raus, wenn ich vorn drück. Und so ergänzen wir uns wie immer glänzend.

ER Luise!

SIE *endgültig verstimmt:*
Ja, is scho recht. Jetzt hab is scho wieder ghört. Darfst schon aufhörn!

Es entsteht eine Pause, die SIE sonst zu einem versöhnenden Entgegenkommen nützt. Diesmal aber hat ER sie in eine Ecke getrieben, in der sie beleidigt verharrt. Zweifel an ihrem Ordnungssinn oder ihrer Sparsamkeit nimmt sie grundsätzlich übel.

ER Es is immer wieder das gleiche! Du hörst. Und hörst es doch net. Manchmal kann ma an dich hinreden und es is grad, als hätt ma nix gsagt.

SIE Weils d' auch oft bloß so vor dich hinnuschelst. I bin ja kei Fledermaus, die auf Ultraschall geht.

ER Das Hören hat mit der Akustik nicht unbedingt etwas zu tun.

SIE *wieder aufsässiger:*
So? Nicht? Mit was denn dann? Vielleicht mit der Optik? Soll ich dir am End jedes Wort von den Lippen ablesen?

ER *kalt:*
Das ist nicht nötig, Luise. Denn wenn du nur willst, kannst du durchaus mitkriegen, was ich sag. Selbst, ohne daß dus hörst oder siehst!

SIE *giftig:*
Jaja. I mach dann an Kurs im Hellsehen.

ER *sehr artikuliert:*
Das ist keineswegs nötig. Denn es ist nachgewiesen, daß der Mensch bei genügendem Interesse einen Text bereits versteht, noch ehvor er ihn akustisch voll gehört hat.

SIE So? Und wie soll des gehn?

ER Mit Kopfhörern.

SIE *absolut sauer:*
Gut! Kauf i mir Kopfhörer! Ganz wie du willst!

Diesmal lenkt ER ein. Selbstverständlich gibt er mit keinem Wort nach. Wozu auch? Er hat ja recht. Glaubt er zumindest. Aber an seiner Stimme erkennt SIE deutlich, daß er zu gewissem Entgegenkommen bereit ist.

ER Mama, du kriegst immer alles in falschen Hals! Ich sag doch nur, daß des mit Kopfhörern ausprobiert worn is. Indem ma nämlich den Versuchspersonen einen Text vorgesprochen hat. Und die ham den scho zu einem Zeitpunkt wiederholen können, wo s' den Text akustisch noch gar net ganz wahrgenommen ghabt ham. Und das beweist eben: Der Mensch hört mehr, als er hört – vorausgesetzt, daß er mag.

SIE *schon auf dem Rückzug:*
Und welchen Text soll ich Ihnen nachsprechen, Herr Professor?

ER Mama – geh!

Die Partie steht wieder einmal eins zu eins. Jeder ist seinen Ärger los. Beiden ist leichter ums Herz. Ein Akt seelischer Reinigung ist erfolgreich abgeschlossen.

SIE *schnauft auf:*
Ach ja. Weißt was, Papa: Hörn mir lieber wieder auf.

ER Ma sagt ja nur, Mama.

SIE *ergreift ein Stück von der Zeitung, das sie beiseite gelegt hat:*
Da hast dei Seite 17 wieder – i hab s' ja nur vorübergehend rausgnommen. Jetzt schieb s' wieder nei unter dein Papierberg und sei zufrieden. Denn des weiß i ja: Bevor du net deine zwei Pfund Sonntagszeitung konsumiert hast, bist net z'frieden.

ER *wendet sich zum Gehen, schaut, verharrt:*
Ja – aber – Mama – des is ja Seite 31.

SIE Tatsächlich? 31? I sehs net ohne Brille.

ER Freilich! Da steht 31! I such aber Seite 17!

SIE Wie gibts des? I hab ja nur des eine Blatt rausgenommen. Moment – Ludwig – drehs amal um. Hängt net 17 hinten dran?

ER *schaut nach:*
Ja richtig, des is ja a Doppelblatt. Des hast ja umgschlagn.

SIE Siehst, so brav bin i. Weil du immer sagst, i darf nix rausreißen. Aber wenn is dann aneinand hängen laß, is aa wieder nix.

ER *versöhnlich:*
Nein, im Prinzip is des durchaus richtig, Luiserl. Nur, verstehst: in dieser Reihenfolge kann man keine Zeitung lesen: 31, 32, 17, 18.

SIE Ich schon. Weil i ja nur die eine Seitn brauch – wegen die Kinoanzeigen.

ER Wieso? Willst du ins Kino gehn?

SIE Net direkt. I hab nur gmeint . . .

Er stutzt. Die Beiläufigkeit, mit der SIE eigene Wünsche vorbringt, hat ihn schon zu oft dazu verleitet, sie zu übersehen. Wenn sich dann – zwar nur sehr selten, aber um so eindrucksvoller – das lang Gestaute in einem Tränenstrom löst, ist er jedesmal verwirrt und ratlos. Es kann kein Zweifel sein: er hat sie sehr gern. Theoretisch. Praktisch ist das oft schwierig zu bewältigen.

ER Warum? Is was? I mein: Is was Guts im Kino?

SIE Verschiedenes. Es kommt drauf an, was d' Helga interessiert.

ER Wieso d' Helga?

SIE Damit s' amal wieder a bißl a Abwechslung hat.

ER D' Helga? De hat doch gnua! Den ganzen Tag ihr Labor, auf d' Nacht no den Haushalt und 's Kind und er is ja aa da . . .

SIE *ironisch:*
Eben. Was will s' denn noch mehr? Ein erfülltes Frauenleben, sozusagen, jaja – mir hams schon schön! Bloß, daß gestern aus heiterm Himmel 's Weinen angfangen hat . . .

ER Warum denn?

SIE Weil d' Stutzi 's Mützerl net glei gfunden hat, wie sie s' abgholt hat. Es wird einfach alles zu viel für sie.

ER I hab ja gleich gsagt, daß des so net geht! I war von Anfang an dagegen, daß sie wieder 's Arbeiten anfangt.

ER ist einer jener Männer, die grundsätzlich allen das gleiche Recht auf Arbeit zubilligen – es muß ja nicht gerade bei den Frauen in der eigenen Familie verwirklicht werden. Bei der Erinnerung an längst vergangene Jahre, in denen SIE als Sekretärin wegen eines Bausparvertrags für ihre Eigentumswohnung und der dann fälligen Tilgung mitverdient hatte, erfaßte ihn sofort wieder das alte, unbehagliche Gefühl von schlechtem Gewissen und mangelnder Bequemlichkeit.

SIE Mei, Papa, was willst machen? Wie wolln s' denn sonst a ganzes Haus zsammsparn? Wenn er wenigstens daheim mehr mithelfen tät, gings ja noch. Aber wie halt d' Männer sind . . .

ER D' Männer? Meinst du mich?

SIE *durchsichtig:*
Nein, i sags nur mehr allgemein. Immer des gleiche! Heimkommen, Fernseher aufdrehen, Zeitung lesen, im Haushalt keinen Finger krumm machen – aber rumgranteln . . . des kennt ma doch.

ER Man? Wer? Du?

SIE Ach wo – so mein is doch net –, mir hams uns ja auch scho lang anders einteilt. Du machst dein Büro – und ich mach eben das Meine daheim.

ER . . . und d' Stutzi dazu. Was mir auch nicht ganz paßt, Mama.

SIE Ach, des mach i gern! Komm i wenigstens amal raus aus meim Trott. Ich wollt, ich könnt der Helga mehr helfen. Sie schaut oft so blaß aus.

ER Blaß? Wieso? Kommt doch noch was Kloans?

SIE Nein – ich hoff net. Ich hab mir scho denkt, Vater, ob du net amal mit ihm reden könntst.

ER Ich? Geh, Mama, der braucht doch von mir kein Aufklärungsunterricht mehr.

SIE Des freili net. I meins ja auch nur mehr allgemein. Weil er immer glei an der Decken drobn is, wenn ihm was net paßt.

ER Er? Der Peter? So.

SIE Ja. Und da könntst du ihm doch sagn: Schau, Vollkommenheit gibts doch nirgends. Ich bin ja auch nicht vollkommen.

ER Ja – und? Des hat doch der scho längst gspannt. Und überhaupt: Wie komm ich dazu, daß i vor meim Herrn Schwiegersohn a Schuldbekenntnis ableg?

SIE Du doch net! Ich mein ja mich – verstehst – als Vergleich zur Helga. Daß d' ihm sagst, daß jeder Mensch Fehler hat – ich auch.

ER schüttelt verwirrt den Kopf. Nicht, weil er das nicht wüßte, sondern weil SIE Derartiges selten zugibt. Genauso wenig wie er. Die psychologisch fein durchdachte, modische Aufschlüsselung ihres Innenlebens ist ihnen fremd.

ER *wehrt also ab:*
Geh, Mama, was soll denn des?

SIE Nur, daß er versteht, daß ich eben auch kein Engel bin. Und daß du trotzdem mit mir auskommst.

ER Auskommen – als wenn des alles wär! Und was heißt da »trotzdem«? Deswegen, Luiserl, deswegen! Was tät i denn mit am Engel? Des wär ja fürchterlich! Und net bloß zwegn die Flügel. Gell, Muckerl?

ER legt den Arm um sie und drückt sie nur leicht an sich. Der Samstagvormittag ist nach seinen Erfahrungen für Zärtlichkeiten ohnehin wenig geeignet.

SIE *weicht gleich zurück:*
Nur damit er merkt: bei uns wird auch gstritten, und ...

ER Gestritten? Wann werd bei uns gstritten?

SIE Noja – so wie jetzt, beispielsweise, wegen der Zeitung.

ER Des war doch net gstritten, Mama. Ich hab doch lediglich die Tatsache erwähnt, daß du manchmal einfach net zuhörst, wenns d' net magst.

SIE Ja, is scho recht. Du hast auch deine Hörfehler ...

ER Ganz im Gegenteil, Muckerl. Denn während du manchmal weniger hörst als gsagt wird, hör ich sogar manchmal mehr.

SIE Geh! Was denn zum Beispiel?

ER Zum Beispiel des mit dem täglichen Trott – und mit die Männer vorm Fernsehen und mitm Granteln ...

SIE Tut er ja aa, der Peter.

ER Der Peter? So? Da geh amal her zu mir und laß dei Naserl olangen.

ER zieht sie an sich und tupft leicht auf ihre Nase. SIE wehrt sich verlegen, obgleich sie das alte Spiel längst kennt. Und immer noch genießt.

SIE Net, Ludwig, was machst denn?

ER Aha! Ham mirs scho! Ein vollkommen kaltes Naserl! Das typische Zeichen für weibliche Schwindelanfälle! Meinst du vielleicht, i hab di net gehn hörn! Ich weiß genau, wen du gmeint hast, du alter Nasentraller! Mich! Nur mich! Stimmts oder hab i recht?

ER stupst sie zärtlich. SIE lächelt verschämt, als begegne sie ihm zum ersten Mal an der Normaluhr.

ER Na? Was is, Schneckerl?

SIE *kokett:*
Ja, wie du meinst, Bärle. Wenn du unbedingt ins Kino gehen willst, dann gehn mir halt, mir zwei . . .

Fünfte Szene: Auf gehts

Das Münchner Oktoberfest heißt deswegen so, weil es im September beginnt. Einheimische nennen es nach dem Veranstaltungsort einfach »d' Wiesn«, die dementsprechend ebenfalls keine Wiese ist, sondern eine reichlich ramponierte Fläche, deren magerer Bewuchs sich immer gerade dann zu erholen beginnt, wenn die nächste Hallen- und Budenstadt errichtet wird. Echte Münchner wie ER lehnen den Besuch dieser neuerdings völlig entarteten Vergnügungsstätte strikt ab. Sie sind nur rein zufällig beim Anstich des ersten Fasses Bier am Eröffnungssamstag um 12 Uhr schon draußen.
ER steht allerdings diesmal noch um zehn Uhr sinnend vor dem Schlafzimmerschrank und wühlt scheinbar planlos zwischen den Kleidungsstücken.

ER Mama?

SIE *in der Küche:*
Ja?

ER Du, sag amal, wo is denn mei grauer Anzug?

SIE Wie bitte?

ER Meinen grauen Anzug such ich.

SIE Wieso?

ER Weil er net drin is – im Schrank.

SIE Des gibts doch gar net!

ER Doch. Er is net da. I hab scho alles durchgschaut.

SIE *eilt wie immer von seinem Suchen alarmiert herbei:*
Meiomei . . . nur net schaun! . . . Was machst denn wieder, Vater! Geh! Was reißt denn da alles raus . . . Was willst denn mit dem braunen? Der is dir doch viel zu eng!

SIE will den Anzug, den er schon aufs Bett gelegt hat, wieder zurückhängen. ER wehrt – ganz gegen seine Gewohnheit – ab. Denn sonst hält er an jedem alten Stück mit gewohnter Sparsamkeit fest.

ER Laß 'n liegn, Mama! Der ghört weg. Ma hat ja überhaupt keinen Überblick mehr, wenn alles so vollhängt. Tu 'n in d' Kleidersammlung.

SIE *räumt den Anzug wieder auf:*
Ja, is scho recht. Aber net jetzt. Welchen willst denn überhaupt?

ER Mein grauen!

SIE *deutet:*
Und? Da hängt er ja – ganz hervorn! Siehst wieder nix, Papa?

ER Doch. Aber des is ja der hellgraue. Den will i ja net. Der is mir zu empfindlich.

SIE *schiebt die Bügel:*
Dann nimmst den dunkleren. Bitte – der is ja auch da.

ER Der is doch viel zu elegant, Mama.

SIE Zu elegant? Für welche Gelegenheit denn?

ER Für heut eben.

SIE wirft einen prüfenden Blick auf ihn. ER trägt seine gewöhnliche Samstag-Vormittags-Kluft: Eine bequeme Wollweste über ausgebeulter Hose. Der Entschluß, freiwillig diese seine Lieblingskleidung zu wechseln, ist ungewöhnlich.

SIE Wieso, was willst denn eigentlich?

ER *wühlt weiter:*
Sag i doch! Den grauen Anzug mit dem Sakko.

SIE A Sakko hat doch a jeder.

ER Aber net so eins mit hintendrin Falten!

SIE Ach – meinst den Tegernseer – dein Trachtenanzug?

ER Nein, den andern mit die Dings ... wie heißen s' denn gleich wieder ... mit die Golffalten.

SIE Golffalten? Geh, Vater, du wirst doch net des uralte Trumm suchen! Den ham mir doch scho längst weggebn.

ER Des is doch merkwürdig. Meine guten Sachen kommen weg – und die Drausgwachsnen bleibn da.

SIE Aber des war doch a Drausgwachsner, Ludwig! Da hast ja ausgschaut drin wie dei eigener Firmling.

ER Nie! Erstens war der Anzug nur mittelgrau und nicht dunkel. Und zweitens hat er diese sportliche Form ghabt – mit der enormen Bewegungsfreiheit im Rücken. Durch des hat der auch immer tadellos paßt.

SIE *ironisch:*
Mhm! Bloß wenns d 'n zugmacht hast, warn d' Seitennäht am Bauch vorn! Geh, Vater, so kannst doch nimmer daherkommen!

ER *eigensinnig:*
Für d' Wiesn wär er gut gangen.

SIE Ach so! Richtig! Da gehts ja los heut! Dann zieh halt dein Trachtenanzug an.

ER Geh! Daß i ausschau wie a Preiß!
Diese Bemerkung ist das Ergebnis lebenslanger Erfahrung, wonach

Zugereiste sich besonders gern und auffallend als Bayern mit Trachtenanzügen, Dirndln, Kropfbandln, gestickten Hosenträgern und ähnlichen Ausstattungsstücken verkleiden. Eingeborene tragen zwar Ähnliches. Aber erstens nur selten. Und zweitens ist es bei ihnen sowieso etwas ganz anderes.

SIE *nimmt den Trachtenanzug heraus:*
Ach was, auf d' Wiesn naus paßt der doch gut.

ER *schiebt ihn gleich wieder zurück:*
Nein! Der is doch viel zu schad zum Strapaziern. I muß ja d' Stutzi auf d' Schulter nehmen – sonst sieht s' doch nix vom Einzug mit die Roß ... Wann bringt sie s' denn überhaupt?

SIE Wer?

ER D' Helga – d' Stutzi.

SIE Ja – wieso bringen? Hast du was ausgmacht mit ihr?

ER I net. I hab s' doch gestern gar net gsehn. Hat sie nix gsagt?

SIE *zögert:*
Nein. Mir ham eigentlich gar net drandenkt, daß d' Wiesn heut angeht.

ER Ja – aber ... i bin doch jedes Jahr mit der Stutzi gangen – den Wiesneinzug anschaun.

Auf seinem Gesicht spiegelt sich noch der Widerschein glücklicher Wiesnanfänge mit der Enkelin. Und gleichzeitig das Wissen um das Ende dieser Harmonie von kindlicher Freude und verschämtem Großvaterglück.

SIE *vorsichtig:*
Ja, schon, Vater. Aber schau, jetzt geht ja 's Kind in d' Schul. I hab gar net gfragt, ob die heut überhaupt frei ham.

ER Geh, die wern doch frei ham zum Wiesneinzug! Des is doch ein kulturelles Ereignis – bayrisches Brauchtum und so – da muß doch 's Kultusministerium – irgendwie – oder was ... Oder net?

SIE Also, ich weiß von gar nix, Vater. Aber i kann ja d' Helga schnell anrufen und fragen.

ER Anrufen? Daß ausschaut, als tät ma si aufdrängen wolln?

SIE Ach wo – des tust du doch net! Laß mi nur machen – des bring i scho hi. Obwohl, weißt – 's Kind wird ja auch größer – und gsehn hats den Zug ja scho oft . . .

ER *tief gekränkt:*
Ja, wegen mir muß nicht gehn. Überhaupt net. Bitte. Dann nicht.

SIE Aber wenn du gern gehn willst . . . Fragn kann i ja, net?

ER *überspielt seine Enttäuschung:*
Ach wo – i reiß mi doch überhaupt net um d' Wiesn.
Vorsichtig:
Außer du willst gern gehn, Luiserl. Dann geh i natürlich mit.

SIE Ich? Überhaupt net, Ludwig. Meinetwegen brauchst kein Fuß vor d' Tür setzen.

ER Wieso denn net? Wenn i wegen der Stutzi gangen wär, dann geh i doch deinetwegen scho zweimal – selbstverständlich nur, wenns d' magst.

SIE Des is sehr lieb, Bärle. Aber weißt – i bin wirklich net scharf drauf. Und scho gar net auf den Massenansturm am ersten Tag.

ER A gewisse Masse ist immer da, Luiserl. Dafür is a Volksfest. Aber nach meiner Erfahrung gehts unmittelbar nach der Eröffnung draußen noch am wenigsten zu.

Seine Lust zu gehen, ist unverkennbar. Ihre Unlust ebenso. SIE verabscheut das Gedränge, beim Karussellfahren wird ihr schlecht und das Geld für Bier und Essen tut ihr leid – wenngleich das nicht aus ihrer Kasse geht.

SIE Trotzdem – es muß wirklich net sei, Vater.

ER *eindringlich:*
Von »müssen« is ja überhaupt kei Red, Luiserl. Ich geh ja durchaus gern – damits du auch amal a Freud hast.

SIE Freud – geh! Wenn ma net amal a Wort redn kann mitnander, bei der Krachmusik. Die Verstärker in die Zelte bringen ein ja direkt um!

ER Aber du mußt dich ja net ins Zelt innen neisetzen, Mama! Des müss' mir dann am Mittwoch sowieso. Da ham mir ja die Box.

SIE Welche Box?

ER Noja – die reservierten Plätz. Weil ma da mitm Betrieb draußen sin.

Betriebsausflüge zur Wiesn gehören in München zum sozialen Besitzstand – ungeachtet der Tatsache, daß sie sich nicht immer positiv auf das Sozialgefüge der Belegschaft auswirken. Schon manchen hat ein bierseliges »Du« um die Sekretärin oder um die nächste Gehaltsaufbesserung gebracht.

SIE Geh, Papa – da gehör doch ich net dazu!

ER Warum denn net? Du kannst ja aa mei Hendl essen – mir kriegn wieder an Gutschein. Und i vertrags sowieso net – die sin mir z' fett.

SIE Ach, i reiß mi da net so drum. Gibs halt die andern.

ER Daß nacher wieder angeht mit die Eifersüchteleien! Und überhaupt is mir lieber, du bist dabei.

SIE *stichelt:*
Obs deiner Frau Grözinger aber auch lieber is?

ER Was heißt: »meiner Frau Grözinger«. Die Grözinger schreibt für mich – und damit basta.

SIE So?

ER Was heißt »so«?

SIE Nix. Nur so.

ER I weiß scho, was d' meinst. Drum sag i ja: Geh halt mit, dann siehst es genau, daß da gar nix zum Sehn gibt.

SIE Deswegn muß i scho glei net mitgehn, Ludwig. Außerdem genügts mir völlig, wenn du mirs sagst.

ER *eifrig:*
Aber dann gehn mir wenigstens heut, Mama. Bloß mir zwei. Schau, sonst kommst ja gar net naus.

SIE Freilich komm i naus, Ludwig. Mit die Kinder gehn mir doch auf jeden Fall.

ER *düster:*
Ob der Maxl kann, is no sehr ungewiß!

SIE Aber d' Helga und der Peter und d' Stutzi – mit dene sin mir noch jedes Jahr gangen ...

ER Dann hängt immer 's Kind an dir dran. Und du hast wieder nix.

SIE Mir langts trotzdem, Papa. Und außerdem kommt no der Onkel Edi mit der Fanny – wie immer.

ER Da hast du scho zweimal nix von der Wiesn! Und wer weiß, wer sonst no alles kommt ...

Das weiß in der Tat kein Münchner. Urlaubsbekanntschaften aus dem fernen Sizilien und dem nahen Griesbach, alte Schul- und neue Geschäftsfreunde, weitschichtige Verwandte, Vettern und Basen, Teilnehmer an Ski- und Bildungskursen, Besitzer von Eisenbahnfreifahrtscheinen, Bus-Selbstzahler und Autofahrer nutzen zur Wiesnzeit einmal eroberte Münchner Adressen zu einem – zumindest von ihnen – hochgeschätzten Wiedersehen mit den Eingeborenen.

SIE Mei, Ludwig – des wird wieder so was wern ...

ER Drum sag i ja, Luiserl. I mein dirs ja nur gut. Schau, wenn mir nausgehn, dann brauchst scho amal net kochen. Eß ma glei draußen.

SIE Versalzene Hendl mit Hormone, was?

ER Nein! Wenn mir früh gnug dran sin, daß mir an schönen Platz kriegn, dann kannst amal a Stück Ochs vom Spieß essen.

SIE A recht a zähs?

ER Überhaupt net, Mama. Wenn mir nämlich glei gehn, daß mir früh genug dran sin, dann kriegst no a saftigs Filetstück.

SIE *schon halb besiegt:*
Also, i weiß net recht, Ludwig ...

ER Doch – des probierst amal! Daß d' wenigstens aa amal was Gscheits hast, Mama, wenns d' scho nausgehn willst.

SIE Ich? Ich will nausgehen?

ER Freilich, Muckerl. I habs ja glei gspannt. Und ich begleit dich. Wenns d' meinst, zieh i halt mein Trachtenanzug an. Jetzt komm nur, mach, daß mir weiterkommen, mir zwei . . .

Sechste Szene: Katarrh

Der Katarrh – so wird in Bayern der Schnupfen genannt – gehört zu jenen Widerwärtigkeiten des Daseins, die Gerechte und Ungerechte, Zarte und Schwache, Mann und Weib, Einheimische und andere Bundesbürger zwar gottlob nur gelegentlich, aber unausbleiblich ereilen. Ähnlich ist es mit Verwandtenbesuchen. Trifft beides und obendrein noch mit dem Oktoberfest zusammen, drohen sich allerdings die damit verbundenen Leiden ins Unerträgliche zu steigern. Mildernd wirkt bei unserem Paar heute lediglich die Tatsache, daß SIE den Katarrh hat – und nicht ER.

SIE *mühsam um Luft ringend:*
Vater!

ER *noch hinter seiner Zeitung:*
Ja?

SIE Du – sag amal: Wann kommen denn die heut?

ER *ohne aufzuschauen:*
Wer?

SIE Noja – deine Leut halt.

ER *noch immer ins Lesen versunken:*
Welche Leut?

SIE Wer denn scho? Der Onkel Edi und d' Fanny!

ER *halb auftauchend:*
Ach so, die! Jaja, die kommen heut.

SIE *ungeduldig:*
Wann sie kommen, hab i gfragt.

ER *läßt die Zeitung sinken:*
Wann? Ja, wann kommen jetzt die? Ham s' net »halb elf Uhr« gschriebn? Oder 11 Uhr dreißig – irgendwas mit elfe wars doch ... oder?

SIE Irgendwas freilich. Aber des wär ja a Stund Unterschied, Vater.

ER Jaja. Scho. Schau halt nomal nach auf der Karten, was genau draufsteht.

SIE Wenn i wüßt, wos d' es hinglegt hast, hätt is scho längst getan. Wo isn?

ER De Karten? Ja – de muß scho da sein – irgendwo. Ich hab s' ja sowieso net ghabt.

SIE Geh! Wie hast es dann lesen können?

ER Nur flüchtig – weil s' irgendwo rumglegen is. Auf jeden Fall kommen s' heut mittag.

SIE *grantig:*
Ja freilich kommen s' net um Mitternacht, Ludwig, wenn alles scho zu is!

Ihr Ton ist ungewöhnlich. ER schaut sie zum ersten Mal an diesem Tag aufmerksam an.

ER Was hast denn, Luiserl? Warum bist denn so gereizt?

SIE *gereizt:*
Ich bin nicht gereizt! I hab nur an Riesenkatarrh. Des hörst doch. I seh ja scho bald nimmer aus die Augn raus.

ER *besorgt:*
Wie, laß sehn? Pfeilgrad! Du bist ja scho ganz wundgschneuzt! Woher hast denn den Katarrh jetzt auf oamal?

SIE *niest verhalten:*
Auf einmal is gut! Wenn i gestern scho zwei Packl Taschentücher verbraucht hab! Aber bis du was merkst, fehlt mir ja die halbe Nasn! *Niest wieder.*

ER Weil i aa gestern so spät heimkommen bin. Des hab i scho dick, wenn am Freitag im Büro allweil kein End hergeht. – Wo hast denn den überhaupt erwischt?

SIE Da möcht i no fragn! Wo du scho tagelang die ganze Gegend vollgniest hast! A anderer Mensch halt halt a Taschentuch vor!

ER Ich auch – wenn is rechtzeitig erwisch. Aber des Niesn geht eben bei mir oft so explosiv. Da komm i manchmal einfach mit der Gschwindigkeit net mit.

Diese Entschuldigung hat er schon in seiner Bubenzeit bei seiner Mutter gebraucht. Sie hat ihm damals mit handgreiflichen Ermahnungen die Benutzung des Ärmels in solchen Notlagen abgewöhnt. Auf diese und ähnliche gute Sitten führt er unter anderem seinen Aufstieg ins mittlere Management zurück. Zuhause rastet er sich allerdings zuweilen von der vornehmen Lebensart aus. SIE hingegen niest mit hochgezogener Nase zierlich und verhalten demonstrativ ins Taschentuch.

ER Helf Gott!

SIE *niest wieder.*

ER Und nochmal helf Gott.

SIE *gepeinigt weiterniesend:*
Ah! Mmm!

ER *teilnahmsvoll:*
Ja, was hast denn jetzt wieder, Luiserl? Des is ja schrecklich! Schneuz dich halt fest! Du mußt ordentlich die Nase freimachen. Net bloß so zischen! Du niest nämlich falsch.

SIE *mit verstopfter Nase:*
Jaja – i weiß scho! Nur du niest richtig.

ER Nein, wirklich, Mama! So wirst nie fertig mit deim Katarrh.

SIE Ja, selbstverständlich! Nur du wirst fertig damit. Und obendrein aa no mit deiner ganzen Umwelt – und des dreißig Meter im Umkreis! – Alte Bazillenschleuder!

ER Nein, Luiserl, glaub mir, wenn du niest wie a Katz, is des biologisch gesehen einfach falsch . . .

SIE . . . aber menschlich gesehen absolut richtig. Von mir erwischt 'n niemand.

ER *wieder einmal genüßlich belehrend:*
Aber du schadest dir selber, Kinderl! Glaub mir! Schau, der Niesreiz soll ja bewirken, daß durch einen starken Luftstrom eventuell vorhandene Fremdkörper aus der Nase geschleudert werden . . .

SIE *schneuzt:*
Ja! Damit s' im Zimmer rumfliegen!

ER Nein! Damit die Nase frei wird! Mit deiner Niestechnik leitest du ja den Luftstrom nur hinten naus . . .

SIE *kopfschüttelnd:*
Also, geh, Ludwig – bitt schön, sei so gut!

ER Nein, ich mein doch: hinten naus in Gaumen. Dann geht nämlich der Druck über die eustachische Röhre aufs Trommelfell . . .

SIE . . . und des hats bisher immer noch ausghalten. Kümmer dich bitte nicht um mein Röhrensystem. I hab jetzt kein Kopf dafür! Der is sowieso wie a Wasserschaff . . .

ER *beleidigt:*
Meinetwegen – wenns d' dir nix sagn laßt. Ungsund is trotzdem. Und es schlagt dir auf d' Ohren.

SIE drückt sich vorsichtig auf ihre Ohren. Ob ER recht hat? Das ist möglich. Aber dennoch nicht gleich ein Grund für Zugeständnisse, sondern eher einer für eine Flucht.

SIE Ja, natürli, wenn i mit die Ohrn aa no in Zug komm, is aus. Am besten wirds sein: ich bleib daheim.

ER *mit allen Anzeichen des Entsetzens:*
Aber, Mama! Des geht doch net! Ausgeschlossen! Ja, was denkst denn! Ich kann unmöglich allein mit dene zwei auf d' Wiesn gehn!

SIE *sachlich:*
Wieso denn net? Des is doch kei Kunst. Die gehn doch von selber. Du mußt es ja schließlich net tragn!

ER Aber wie soll ich denn des machen ohne dich?

SIE Wies d' es immer machst. Fahrts halt einmal. Was Langsams. Riesenrad – oder Krinoline – des mögn s' gern. Und dann machts Brotzeit.

ER Und sie legt mir dabei wieder ihre beschädigten Niern mitsamt die Harnleiter vor, bis i selber sämtliche Steine klappern spür, die sie je ghabt hat! Nein! Ausgeschlossen, Mama!

SIE Wieso? Des tut dir doch net weh! Gönn ihr halt ihr Leidensgschicht.

ER Wenns bloß des wär! Wenn dann net aa no der Onkel Edi 's Politisiern anfangen tät! Du wirst sehn: des gibt a Katastrophe.

SIE seufzt. ER und der Onkel Edi sind sich zwar im Grundsätzlichen einig: nämlich, daß nur in Bayern das Leben lebenswert ist. Über dessen Gestaltung von »Abnabeln« bis »Zuguterletzt« sind sie allerdings ebenso grundsätzlich anderer Meinung.

SIE *weiß nur ein Rezept gegen aufkeimende Familientragödien:*
Dann bist halt still und sagst nur jaja.

ER *aufgebracht:*
Des kannst du! Aber nicht ich! Weil ich ein denkender Mensch bin!

SIE Und ich nicht? Dankschön.

ER Nein, sondern weil du dir eben denkst: Da denk i mir doch gar nix.

SIE Dann denkst dir des halt auch. Und rast dein Kopf aus dabei. Des kann auch nix schaden. Führ s' nur naus, Vater . . .

ER *immer dringlicher:*
Nein, Luise, bitte! Des kannst du mir nicht antun! Ganz abgsehn davon, daß du hernach ein volles Jahr brauchst, bis d' den Verdruß wieder ausbügelt hast.

SIE *niest heftig:*
Mei, Vater – ja, is ja recht – aber du siehst doch, wie ich beinand bin!

ER ist aufs höchste alarmiert. Nicht nur der Friede in der Verwandtschaft und ein eventuelles Erbe für die Stutzi, sondern auch der harmonische Wiesnausklang ist in Gefahr.

ER Das darfst du auf keinen Fall so hinnehmen, Luise. Es geht um deine Gesundheit! Du mußt was tun für dich!

SIE Jaja, is scho recht. I leg mi dann scho hin, wenns fort seids.

ER *aufgescheucht:*
Nein, Mama – so lang derfst net warten! Du mußt sofort was unternehmen! Jetzt! Jetzt gleich! Soll i dir was holen aus der Apotheken? Brauchst was? Oder hast Tabletten daheim?

SIE Geh, Papa – Tabletten! Für was denn? Mit Tabletten dauert a Katarrh acht Tag – und ohne Tabletten a Woch!

ER Und wenns d' de Dings nimmst – die Nasentropfen, die ich immer nehm? Da is, glaub i, no was drin in dem Flaschl. Die sprühst dir einfach nauf . . .

SIE . . . mitsamt dem Rest von deine alten Bazillen! Nein, danke, Ludwig, mir reichen die, die i scho hab.

ER *immer eindringlicher:*
Aber tun mußt was, Luiserl – schau – und wenns nur wegn der Erleichterung is . . .

SIE . . . und wegn die Wimmerl, die i dann drauf krieg! Du weißt doch, wie empfindlich ich auf Medikamente reagier! Dann kann i hernach zwei Wochen lang Kamillendampfbäder nehmen, daß i s' halbwegs wieder los wer!

Bei dem Wort »Kamillendampfbäder« sieht ER sofort seine Mutter in der gestreiften Schürze vor sich. Sie hat seinerzeit in allen Fällen angeblicher oder wirklicher Erkältung den Buben kurzerhand vor einen dampfenden Topf mit Tee gesetzt, wobei er entweder rasch gesund geworden ist oder zumindest dem fälligen Schulbesuch eher geneigt war, so lästig war ihm das Heilverfahren.

ER *erleuchtet:*
Ja, Mama! Genau des is! Kamillendampfbäder machst! Des hilft!

SIE Jaja, is scho recht – morgn dann, gell . . .

ER Nein! Jetzt! Heut – sofort! Paß auf! Des mach i dir! Des kann ich! Da stelln mir jetzt glei a Wasser warm! Des geht ganz gschwind!

ER saust in die Küche, SIE stürzt hinter ihm drein. Denn sie kennt seine vernichtenden Auftritte im Haushalt und wehrt sich verzweifelt.

SIE Nein, Ludwig – nicht! Laß sein! Ich bitt dich!

ER *reißt einen Topf heraus:*
Du wirst sehn, Mama, des tut dir gut.

SIE Nicht, Vater! Nein! Was reißt denn da raus! Des is doch mei Milchtopf! Den kannst net nehmen! Dann schmeckt ja hernach alles wochenlang nach Kamille!

ER *packt den nächsten:*
Dann nimm i den – der geht gut.

SIE Nein, Ludwig – den auch net! Bitte . . . ich . . .

ER *dreht schon am Wasserhahn:*
Jetzt laß mich nur machen, Mama! Laß dich doch auch amal pflegen! Des wern mir glei ham. I nehm des heiße Wasser ausm Boiler – dann gehts no schneller.

SIE *immer abwehrend hinter ihm her:*
Geh, Papa, laß doch bitte net glei zwanzig Liter durchlaufen – wenns d' bloß an halben brauchst.

ER Da kann ma jetzt net lang sparen – jetzt pressierts. Des stelln mir glei auf die Platten. Setz di nur hin derweil.

SIE *verstört:*
Papa, geh! Was machst denn?

ER Ich behandle dich. Jetzt misch dich nur net ei! Wirst scho sehn: des tut dir gut.

ER reißt Kastentüren und Schubladen auf. Sein Talent, binnen weniger Sekunden eine geordnete Häuslichkeit in ein Tohuwabohu zu verwandeln, erblüht aufs schönste.

SIE *verzweifelt:*
Was suchst denn jetzt da drin wieder?

ER Den Tee.

SIE Geh, der is doch net in der Bsteckschublad.

ER Sondern?

SIE Oben drin – wo halt der Tee is! Bitte, Ludwig, fang doch net grad jetzt mit so ara Staatsaktion an! Wo die zwei jeden Augenblick unter der Tür stehn können.

ER Des können s' nicht – weils jetzt no net amal zehne is! Jetzt sei nur staad. Du bist krank. Nur keine Aufregung! Des schadt deim Kreislauf. Setz dich hin. Da ham mir 'n scho, den Tee . . .

SIE *sieht sofort:*
Aber geh, Papa! Des is doch der Pfefferminztee!

ER *schnüffelt:*
Tatsächlich. Weils wieder net draufsteht. Sowas ghört eben ordentlich beschriftet.

SIE *schon ermattend:*
Für wen denn! I kennan und du trinkst 'n ja doch net! Papa – bitte, laß des sein!

ER *wichtig:*
Mama, es wird Zeit, daß du was für dich tust. Und wenn dus selber nicht kannst, dann ist das eben meine Sache. Jetzt halt di ruhig – sonst kriegst bloß no Fieber obendrein. Jeder Durcheinander is Gift für dich.
Er kramt weiter:
Aha – da is ja schon: Kamille – des kenn i sofort.

ER schüttet einen Berg Kamillenblüten in das Wasser, das schon zu dampfen anfängt. Ein reicher Streusegen ergießt sich auch neben den Topf und über den Herd.

SIE *schwach:*
Geh, Ludwig! Net gar so viel! Des reicht doch für a Vollbad!

ER Von nix wird nix. Da muß ma scho massiv vorgehen gegen so an Katarrh. Was meinst, was auf deiner Nasenschleimhaut alles an Bakterien drauf is.

SIE Ja, aber du brauchst doch net für jede einzelne a Kamille! Ludwig! So a Packl kost zwei Mark!

ER Und? Wenns hilft . . . Da wird jetzt net gspart!

SIE *niest wieder.*

ER *wild entschlossen:*
Handtücher müssen no her – Handtücher! Am besten is a Badetuch. Da schlupfst dann drunter – zum Inhalieren.

ER saust aus der Küche, kurvt ins Bad und reißt auch da sämtliche Kastentüren auf. SIE rennt nach einer Schrecksekunde protestierend hinter ihm drein.

SIE Mein Gott, er is ja der beste Mensch! Aber wenn er gut sein will, is er nicht zum Aushalten . . . Ludwig! Was machst denn! Reiß mir doch net soviel Wäsch raus! Des is doch der ganze Katarrh net wert.

ER *entschlossen, die Hände voll mit Handtüchern:*
Aber du! Du mußt gesund werden! Des kriegn mir scho! Jetzt geh nur weiter, Mama!

SIE *läßt sich nur widerstrebend in die Küche zurückschieben:*
Ludwig, bitte – schau, mir reicht ja scho allein der Dampf in der Küch. Schau, wie des scho kocht! Da fallt mir ja der Anstrich von der Decke!

ER *wichtig:*
Jetzt misch dich nicht ein, Mama, sondern laß mich machen. Siehst ja, wie nervös du scho bist – des is a schlechtes Zeichen. Jetzt tun mir amal den Stuhl da her. Da setzt dich schön drauf.

SIE Geh, Papa . . .

ER Nix da! Glaub mir, ich weiß, wie des geht. Da rutscht jetzt ganz nah an den Topf her, damits d' richtig in Dampf neikommst.

SIE Vorsicht, Vater! I verbrüh mich ja!

ER Nein, nein, nur kei Angst, i paß scho auf. Des zieh i jetzt weg von der Platten . . . So . . . halt nur dein Kopf drüber.
Er drückt sie energisch nieder:
Nur nei mit der Nasen, Luiserl. Und gut einschnaufen, gell – damit die ganzen Atmungswege vom Dampf umspült werden . . .

SIE *gebrochen:*
. . . und mei Frisur dazu! Was meinst, wie ich da hernach ausschau! Mir gehn doch die ganzen Haar auf!

ER Das macht nix. Du bist mit offene Haar auch sehr schön. Kopf tief, Luiserl!

ER wirft ihr das Badetuch drüber und stopft es fest. Jeder Widerstand erstickt im Keim – und im Dampf, der sie umhüllt.

SIE *dumpf unter der Zudecke:*
Ludwig! Wirst sehen, i schau hernach aus wie a grupfte Henn!

ER Da setzt eben dann dein Hut auf mit der Feder – der ersetzt alls. Und von die Haar sieht ma da sowieso nix.

SIE Des is mir zu heiß, Vater!

ER Des muß heiß sein! Weil die Hitze die Bazillen vernichtet.

SIE Aber du mußt doch net gleich mich auch noch mit abkochen!

ER *hält sie fest:*
Des mach i doch net. Und mit der Zeit wirds sowieso kühler. Wieviel Uhr ham mir denn jetzt? Kurz vor zehne. Schau, Luiserl, da bleibst jetzt brav a Viertelstund drunter – notfalls machen mirs nochmal heiß . . .

SIE *ersterbend:*
Nein! Nicht!

ER Des sehn mir dann schon. Hernach dampfst a Viertelstund ab – dann is halbe elfe – wenn s' da wirklich schon ankommen, müssen s' allweil erst hergehn zu uns . . . dann hast immer noch a paar Minuten Zeit, daß d' dich schön herrichtst.

SIE Ludwig!

ER Jaja, sorg di nur net, Luiserl. Du wirst scho wieder. Des kriegn mir scho hi, mir zwei . . .

Siebte Szene: Drucksachen

Gute Ehen zeichnen sich durch erfreuliche Gemeinsamkeit und durch strikte Trennung privater Bezirke aus. In unserem Fall heißt das: ER respektiert ihr Nachtkastl als Tabuzone, SIE seine Brieftasche und seinen Schreibtisch, den sie nur im äußersten Notfall und unter größten Vorsichtsmaßnahmen abstaubt. Während er sonst in breiter Streuung Taschentücher, Socken, Wäsche und ähnliches großzügig in der Wohnung verteilt, achtet er hier auf exakte Ordnung seiner Bestände. Heute aber scheint etwas zu fehlen in dem sauber ausgerichteten Stoß verschiedener Papiere. Denn er blättert, wühlt, schichtet um, trommelt ungeduldig mit den Fingern.

ER *mit Strenge in der Stimme:*
Luise!

SIE *gewarnt durch die Anrede, besonders mild:*
Ja?

ER *gefährlich hochdeutsch:*
Hast du die Postkarte genommen?

SIE *betont locker:*
Gnommen? I hab überhaupt kei Postkartn gsehn.

ER Freilich! Mir ham s' doch mitnander angschaut.

SIE Was für a Postkartn denn?

ER Die Postkarte eben – vom Irlmeier.

SIE Ach die! Die is ja scho vorgestern kommen.

ER Das ist kein Grund, daß sie heute nicht mehr daliegt.

SIE Die muß aber daliegen, wenns d' as hingelegt hast. Liegt s' wirklich net da?

ER Wenn s' daliegen tät, hätt ich dich ja net gfragt.

Er kramt wieder in seinem Papierstapel, irritiert durch ihr nachsichtiges Lächeln, das er im Genick zu spüren glaubt.

SIE Zu was brauchst es denn jetzt plötzlich, Papa? Is doch sowieso nix draufgstanden als »Herzliche Grüße vom Gardasee«.

ER I such s' ja net wegam Text – i such s' ja wegen der Marke.

SIE Die wird scho no draufsein, wenns d' es no net abglöst hast.

ER Schon! Aber wenn ich die Karte nicht find, find ich die Marke auch nicht.

SIE *mit einem Blick auf seinen Schreibtisch:*
I tät halt dann aa net immer die ganzen Drucksachen aufheben. Da kannst doch nix mehr finden! Schmeiß halt weg, des Glump. Oder soll i dir s' zerst durchschaun? Vielleicht steckt s' dazwischen? Meinst net?

ER *verzweifelt:*
Aber i hab doch scho alles durchgschaut, Mama!

SIE *gelassen:*
Eben drum.

Ein Zuhörer könnte dieser Bemerkung leicht ihre dreißigjährige Erfahrung mit einem Menschen entnehmen, dessen Bemühungen, etwas zu finden, grundsätzlich erfolglos bleiben. Der Leser – soweit ohne solche Erlebnisse in der eigenen Partnerschaft – wird höflich gebeten, sich jedes nur denkbare Maximal-Chaos vorzustellen, das regelmäßig am Ende solcher Suchaktionen steht. SIE bedarf dazu keiner Phantasie und beginnt daher vorbeugend mit dem Sortieren.

ER Langsam, langsam, Luiserl, nicht gleich alles wegtun!

SIE *läßt Stück für Stück in den Papierkorb gleiten:*
Nein – des mach i scho net. Aber des kommt weg – und des – weg damit – des auch – weg damit – des auch.

ER Halt! Halt! War des nix Wichtigs?

SIE Nein, aber des! Da schau her, da is ja schon, dei Karte.

ER Ja – wie gibts des? Tatsächlich, des is. Dank dir schön.

SIE Bittschön – gern gschehn. Und stopf des übrige Glump auch gleich in Papierkorb nei – dann is wenigstens wieder aufgräumt. Sonst wachst ja zu mit dene Reklamen. Vierfarbendruck! Luxusausführung! Lauter nausgschmissens Geld . . .

ER Für die Firmen sicher net. Für die is des viel wert. Ohne Reklame geht doch heut kei Gschäft mehr.

SIE Vor allem net des von der Post. Die wird dabei am meisten verdienen: mit der Zustellung.

ER Nicht, wenns d' es hörst. Da jammern s' doch immer, daß akkrat dabei draufzahln. Der Zustelldienst ist doch der große Verlustposten.

SIE Wieso machen s' dann a Riesenreklame mit »Schreib mal wieder«? Was soll des dann für an Sinn ham?

An der Sinnfrage und an der Preisgestaltung der Bundespost sind schon größere Geister gescheitert. Um so verdienstvoller ist es, daß ER sich die Mühe macht, beides zu erforschen. Wieder einmal beschreitet er tapfer den Weg des ewig menschlichen Strebens nach Klarheit.

ER Schau, Luiserl, des is so: je größer die Stückzahl, desto günstiger die Kalkulation. Denn der Briefträger kost ja des gleiche – ob er jetzt nur einen Brief in vierten Stock nauftragt oder gleich zwei.

SIE Geh, Vater, der tragt doch heut überhaupt kein Brief mehr nauf. Für was ham mir denn unten d' Hausbriefkästen?

ER Ich sag ja nur: wenn er naufgeht – wenn, net wahr –, dann hat die Post für zwei Briefe bei fast gleicher Leistung die doppelte Einnahme wie bei einem. Und des is eben der Gewinn.

SIE *nach kurzem Überlegen:*
Net nur des. Denn wenn er naufgeht, kassiert er ja in jedem Fall mehr, auch wenn er nur einen Brief hat. Weils dann a Brief mit Strafporto is. Und was hab ich da zahlt neulich . . . a Mark sowieso wie nix.

ER Ja, das is nur logisch, Mama. Des Kassiern kostet eben extra.

SIE Geh, Papa, des macht doch der Postbot ganz nebenbei.

ER *nachdrücklich:*
Aber es muß in die Kalkulation eingehen. Und das steigert eben die Kosten.

SIE Des hab i aa scho gmerkt. Dauernd gehn s' nauf mit die Preise. Am meisten stinkt er mir ja wegam Telefon.

ER Die Telefonkosten, Luiserl, haben sich aber durchaus positiv entwickelt.

SIE Aber nicht für mich! I merks doch an der Rechnung. Ich kann halt einfach nicht nur ein Achtminutengespräch führen mit die Kinder. Ich zahl jedesmal drauf.

ER Ja – du schon. Aber die Post rechnet doch mit einer Mischkalkulation und sagt: Zum Ausgleich dafür kann der Teilnehmer eben dann erheblich billiger nach . . . nach Starnberg oder so wohin telefonieren.

SIE Warum soll i denn nach Starnberg telefonieren? Da kenn i doch keinen Menschen!

ER seufzt vergebens. Zu weit hat er sich schon mit seinen Erklärungen vorgewagt. Ein ehrenvoller Rückzug ist nun unmöglich. So versucht er, das Diskussionsfeld wenigstens einzuengen.

ER Bitte, schweif jetzt nicht ab, Luise. Bleib bei der Briefzustellung. Du mußt dir des mit den Kosten so vorstellen . . . Wie erklär ich dir denn des am besten . . .

SIE Wies d' willst, Ludwig.

ER *fischt ein gebrauchtes Kuvert aus dem Papierkorb:*
Paß amal auf, i wer dirs da draufzeichnen. Wo is denn mein Bleistift?

SIE Nimm halt den, der da liegt.

ER *zeichnet energisch ein Strichmännchen und erläutert:*
Also – sagn mir – des wär jetzt der Briefträger . . . so . . . und da hat er sei Taschen umghängt . . .

SIE Nein, die hat er doch am Radl.

ER Des Radl lassen mir jetzt weg. Des wird zu umständlich. Es geht ja auch nur um das Prinzip des Vergleichs Arbeit/Kosten.

Schon an dem bei uns ungebräuchlichen Genitiv »des Vergleichs« wird die hohe geistige Qualität seiner Ausführung deutlich. Ihr freilich nicht.

SIE Ja, aber, grad dann mußt des Radl auf jeden Fall dazurechnen, Ludwig. Denn des kost ja aa was! Und erst die Bereifung! Die wird net alt – bei dem Gwicht, des der rumfahrt!

ER Eins nach dem andern, Luise. So was muß ma systematisch in einzelnen Schritten berechnen. Vorerst gehts nur um die unmittelbare Arbeitsleistung, wenn er s' rauftragt. Also – wo war ich . . .

SIE Beim Briefträger.

ER Jaja, ganz richtig. Und jetzt geht er also mit der Taschen da nauf in vierten Stock.

SIE Mit der Taschen? Niemals! Was meinst, was die wiegt! Der nimmt doch nur den Brief mit! Nur die paar Gramm.

ER *wehrt sich gegen beginnende Anzeichen von Verwirrung:*
Bitte, Luise. Das Briefgewicht ist bei meiner Berechnung überhaupt unbeträchtlich. Jedenfalls im Verhältnis zu dem Eigengewicht von dem Mann. Des muß er doch vor allem naufschleppen.

SIE *verkneift sich ein Schmunzeln:*
Ja, freilich, Ludwig – er kann sich doch net selber unten stehn lassn!

ER *zunehmend gereizt:*
Bitte, Luise, unterbrich mich nicht dauernd. Ich will jetzt einmal

zuerst die physikalische Arbeitsleistung von dem Mann berechnen. Dafür heißt die Formel – Moment – wie war des . . . ich nehme . . . Hubhöhe – mal Masse – also . . . die Höhe des Hauses multipliziert mit dem Lebendgewicht des Briefträgers . . .

SIE Ja, an toten Briefträger können s' net naufschicken.

ER *wiederholt energisch:*
Höhe des Hauses mal Briefträger . . . wie hoch ist unser Haus?

SIE Keine Ahnung.

ER Sagn mir – rund drei Meter pro Stockwerk – vier Stockwerke ham mir . . .

SIE Fünf – mit ausgebautem Dachgeschoß. Da muß er ja aa nauf.

ER Gut. Fünf mal drei ist fünfzehn – mal den Briefträger, der wiegt 75 Kilo.

SIE Woher weißt du des?

ER *stirnrunzelnd weiterrechnend:*
Durchschnittsgewicht! Bring mich net draus. Des is dann – 15 mal 75 – oder sagen mir umgekehrt: 75 mal 15 . . . einmal 75 is – nein – zehnmal 75 – wo hab i denn mein Rechner wieder . . . was hab i gsagt?

SIE *rasch:*
Zehnmal ist 750 und die Hälfte dazu sinds 1 125.

ER So? Bist du sicher?

SIE Freilich.

ER Gut. Dann schreibn mir des amal hin. 1 125 – und des sind Kilopondmeter. So – des wär amal des.

Seine Haltung strafft sich. ER blickt sie triumphierend an, sinkt aber zusammen, als er ihre nachsichtige Miene bemerkt.

SIE Ja – und was soll jetzt des sein, Papa?

ER Kilopondmeter? Das ist das Maß für die Arbeitseinheit, Luise. Und das bedeutet, daß ein Kilogramm einen Meter hochgehoben wird.

SIE Geh, Papa, der Briefträger wird doch net dafür zahlt, daß er sein Gwicht über d' Treppen naufhebt.

ER Luise, bitte, unterbrich mich nicht! Ich bin doch mitten in meiner Berechnung!

SIE Aber, Ludwig, die nützt dir doch gar nix. Der Mann fahrt ja doch mitm Lift.

ER Luise! Es ist für die Berechnung der Kilopondmeterzahl unerheblich, wie der Mann in den vierten Stock naufkommt.

SIE In den fünften!

ER *spricht gleich drüber:*
. . . der Mann könnte sich genausogut an einem Tau hochziehen.

SIE *sanft:*
Geh, jetzt hör auf, Ludwig! An am Tau hochziehn? Wer tät denn des? Da kriegaten s' dann ja überhaupt keine Briefträger mehr.

ER *stöhnend:*
Ich gebs auf. Es ist sinnlos. Für manche Sachen hast du einfach kein Verständnis, Luise.

Es ist wie immer: Sobald SIE fühlt, daß ER verspielt hat, reicht sie ihm freundlich die Hand – freilich nur im übertragenen Sinn. Denn trotz oder wegen ihrer langjährigen Ehe respektieren sie beide gern einen körperlichen Sicherheitsabstand, der nur bei besonderen Anlässen verringert oder aufgehoben wird.

SIE *besonders freundlich:*
Wenn i nur wüßt, auf was du nauswillst, Ludwig! I versteh den Zusammenhang net zwischen dem Briefträgergewicht und dem Porto.

ER *sehr großmütig:*
Zugegeben: Des is auch schwierig. Jedenfalls – also: die Leistung von dem Briefträger – die läßt sich – irgendwie – berechnen – und des Gewicht – also – des ist dabei erheblich – und zwar nach der mathematischen Formel . . . noja, des is jetzt egal. Ich will dich gar net belasten damit.

SIE Reicht scho, gell, daß der Briefträger damit belastet ist. Mir tut jeder leid, der so viel schleppen muß. Denn ich spür sofort jedes Pfund in meim Kreuz.

ER *herzlich:*
Drum sollst du auch nicht so schwer schleppen, Muckerl. Des is des, was ich dir immer sag. Rühr dich halt, wenn was zum tragn is! Ich machs doch gern!

SIE Ja, des is wahr. Da bist wirklich immer sehr nett, Bärle. Du, weißt was, dann könntst eigentlich gleich den Papierkorb nuntertragn. Und der Abfalleimer in der Küch ist auch voll. Schadt nix, wenn des Zeug weg is. Dann ham mir wieder unser Ordnung da herobn, mir zwei . . .

Achte Szene: Der Schrank

Der Ort der Handlung ist heute wieder das Schlafzimmer. Die Einrichtung ist die übliche: bürgerlich-solides Doppelbett mit Ablagen – immer noch »Nachtkastl« genannt –, Spiegelkommode, zwei Stühle bei der als Tischchen kaschierten Nähmaschine und ein großer dreitüriger Kleiderschrank. Dem hat ER eben seine Hausjoppe entnommen. Die Herbsttage werden spürbar kühl. Kaum hat er die Schranktür zugedrückt, schwingt sie langsam und knarrend wieder auf. Er schleudert sie unwillig nochmal zurück. Sie öffnet sich rascher und heftiger knarzend wieder. Er versucht es zum drittenmal mit stillem Nachdruck, wartet und sieht und hört ihr unaufhaltsames Öffnen von neuem.

ER *scharf:*
Mama!

SIE *am Gang:*
Ja?

ER Bitte komm amal rein und schau dir des an.

SIE *kommt, alarmiert durch seinen kritischen Tonfall:*
Wieso – was is denn?

ER *führt die Sache vor:*
Siehst doch – die Schranktür geht dauernd auf. Da. Bitte!

SIE Dann mach s' halt zu, Vater.

ER Tu i ja dauernd. Aber wenn i s' zumach, geht s' sofort wieder auf. Siehst es. Da! Schon wieder!

Die wiederholt zugedrückte Tür öffnet sich immer wieder mit gleicher Unerbittlichkeit, ein Symbol für die Bosheit der Materie.

SIE Ja, freilich! Weils d' es immer bloß zudrückst! Dreh halt den Schlüssel um, Vater. Dann geht s' nimmer auf. Schau, so.
Sie versperrt die Tür.
Siehst es, jetzt bleibt s' zu.

ER Jaja, schon! Aber die hat doch früher viel besser ghalten: einfach so – mitm Zudrücken. Und wenn i des mach, geht s' jetzt sofort wieder auf.

ER dreht den Schlüssel wieder zurück und beobachtet scharf die Schranktür. Einen Augenblick scheint sie still zu stehen, dann setzt sie sich knarrend wieder in Bewegung.

SIE Mm – ja . . . mei . . .

ER Da! Hör dir des an! Des kann ma doch gar net aushalten. So kann ma des auf keinen Fall lassen! Wie kommt denn des jetzt plötzlich? Die hat doch immer ghalten?

SIE Weil der Schrank ewig schief gstanden is. Und da hat die Tür immer a bißl klemmt. Aber jetzt steht er eben grad.

ER Wieso?

SIE Weil er so ghört.

ER So? Seit wann?

ER drückt die Tür wieder zu und starrt fasziniert auf die beginnende Drehung. Ein zartes Fiepen kündet sie an, steigert sich, verebbt. Die Tür ist wieder offen.

ER Seit wann, frag ich dich!

SIE Seit immer schon. A Schrank ghört grad aufgstellt. Und so a dreiteiliger scho gar. Weil sonst die Züge klemmen – die Schubladen.

ER Nein, ich mein: seit wann er jetzt so steht? Hast 'n wieder amal weggrutscht und hinten rausgwischt oder was?

SIE *um so ruhiger, je aufgeregter er wird:*
Muß i doch. I kann doch net die ganzen Wuzerl hint liegn lassn.

ER *wirft die Tür zornig zu:*
Die Wuzerl nicht! Aber den Keil unten hättst liegn lassn solln! Da war doch a Keil drin – da – unten – irgendwo . . .
Er deutet unter der wieder offenen Tür ins Unbestimmte.
Und wo is der jetzt?

SIE Keil! Geh, Papa, des war ja bloß so a Hölzerl.

ER Mama, das war ein Keil! Ein von mir genau zugeschnittener Keil! Weil i den Schrank nämlich austariert hab – nach der Wasserwaag.

SIE *erinnert sich noch genau dieses arbeitsaufwendigen und nervenzerreißenden Vormittags und faßt sein Ergebnis zusammen:*
Austariert . . . wie halt! Dauernd hat die Tür geklemmt.

ER Und was is jetzt?
Er reißt an allen Türen.
Bitte: die vordere Tür reibt sich – das Mittelteil hängt – und die da herüben geht dauernd auf.
Er knallt die Tür wieder zu, die nun mit wildem Schwung zurückschlägt.

SIE *allmählich gereizt:*
Ja – jetzt hab i s' scho gsehn. Hör nur wieder auf mit deim ewigen Geknarze.

ER Weil s' auch gschmiert ghört. So geht des auf keinen Fall. Wo isn unser Dingsda – des Maschinenöl?
Schon allein bei diesem Wort erfüllen SIE gräßliche Visionen von üppigen Tropfenbahnen aus Türangeln, Haushaltmaschinen und Fahrrädern. Das alles pflegt ER mit Inbrunst und unter Verwendung von reichen Ölmengen regelmäßig zu behandeln.

SIE Bitte nicht, Papa! Sonst schaut hernach 's Schlafzimmer wieder aus, als hättst nach Öl bohrt. Brauchst ja nur den Schlüssel umdrehn, dann halt ja die Tür. Dafür is ja 's Schloß schließlich auch dran: zum Zusperrn!

ER Dann mußt den Schlüssel aber auch abziehn und net stecken lassn!

SIE Wozu denn abziehen? Daß man hernach ständig suchen müssn?

ER Nein! Damit das Absperren einen Sinn hat. Dazu is ja das Schloß da, net wahr. Damit keiner neikann! Wenn du hingegen den Schlüssel stecken läßt, is 's Absperrn von vornherein sinnlos.

SIE Eben nicht. Weil dann die Tür zu ist. Und zu muß sein, damit mir keine Motten neikommen.

ER Die kommen auch net nei, wenn die Tür bloß zugedrückt is. Vorausgesetzt freilich, daß halt. Was sie eben jetzt nimmer tut. Siehst ja!

ER klemmt das Demonstrationsobjekt erneut energisch zu, das sich wiederum unerbittlich knarzend in Bewegung setzt.

SIE *gereizt:*
Ludwig! Ich bitt dich! Hör jetzt auf damit!

ER Sofort – wenn des Klötzerl wieder drin is, halt s' ja wieder. Wo hast es denn hingetan, Mama?

SIE seufzt. Das Klötzchen war als Zeichen seiner absoluten Hilfsbereitschaft und seines gleichfalls absoluten Mangels an Basteltalent ebenso häßlich wie splitterträchtig gewesen. Beim Freitagsputzen hat sie es endlich mit viel Mühe und einem Küchenmesser wieder entfernt. Ein Pflaster auf ihrem Zeigefinger ist seine letzte Spur.

SIE *zartfühlend verlogen:*
Keine Ahnung, wo des hinkommen is, Vater. Wahrscheinlich hab is – irgendwie – z'sammgsaugt oder was . . .

ER *detektivisch:*
Dann müßts aber no im Staubsauger drin sei? Könnt ma da net neischaun und des irgendwie durchsortieren?

SIE Unmöglich! Daß der ganze Dreck in der Wohnung rumfliegt! Und alles wegn so am kleinen Splitter . . .

ER Nein, Mama! Des is doch, was i dauernd sag: Des war kein gewöhnlicher Splitter! Des war ein von mir exakt zugeschnittener Keil mit einem ganz bestimmten Winkel. Vielleicht drei, vier Grad Neigung oder so was. Hast 'n net gsehn?

SIE *allmählich verärgert:*
Nein! Ich kriech doch net mitm Winkelmesser unter die Schränk rum!

ER I frag ja nur: weils doch sein könnt, daß er möglicherweis noch da is. Oder vielleicht hast 'n bloß weggstoßen – daß er no hintliegt – irgendwie.

SIE Nein! I hau doch net so rum!

ER I mein ja nur: versehentlich. Weil – groß war er ja net. Nur so fünf, sechs Zentimeter lang. Und – noja – fingerbreit . . . oder was.

SIE Ja!

ER Was heißt ja?

SIE Ja heißt ja! Wenn du sagst, daß er so lang und so breit war, dann wird er des scho gwesn sein. I hab 'n net nachgmessen.

ER Aber gsehn hast 'n doch, den Keil, oder?

SIE *gereizt:*
Ludwig, bittschön, verschon mich jetzt mit deinem ewigen Keil. Ich hab ihn nicht – und basta!
ER schüttelt den Kopf. Die Verständnislosigkeit der Frauen und besonders seiner eigenen für technische Probleme ist für ihn wieder einmal deutlich sichtbar. Und gleich unbegreiflich wie die Tatsache, daß SIE dennoch bei allen fälligen Reparaturen geschickter ist als er, was er als einen Beweis für die ihr mangelnde Logik wertet.

ER Versteh mich doch, Mama! Ich mein dirs ja nur gut. Du hörst doch, wie die Tür knarzt.
Er demonstriert es erneut.

SIE *wütend:*
Ja!

ER Siehst es, du bist jetzt scho nervös. Wenn des jetzt Jahre und Jahre so zugeht – andauernd.
Er bewegt die Tür mehrmals in den Angeln hin und her und entlockt ihr völlig neue Töne.

SIE Ludwig! Mach mich net wahnsinnig!

ER *impertinent freundlich:*
I zeig dirs ja bloß. Und des hört ja sofort auf, sobald wieder a Keil drin is. Und wenns d' den alten nimmer hast, dann mach i dir halt an neuen. Des is doch keine Affäre! Da brauch i ja nur a Stückerl Holz. Ham mir eins da?

SIE *matt:*
Nein, Vater . . . nicht im Schlafzimmer . . .

ER *eifrig:*
Dann geh i halt schnell in Keller. Da müssen doch noch die Lattenreste von neulich sein. A bißl zugspitzt – und scho paßts.

SIE stöhnt. Noch jedesmal haben selbst seine bescheidensten Werkstücke zu einer beängstigenden Füllung der Wohnung mit Sägemehl, Hobelspänen, krummen Nägeln und anderen Folgen seines Fleißes geführt.

SIE Nein, Ludwig, bitte nicht. Du weißt, wie sowas immer nausgeht. Sei so gut, sperr den Schrank zu und laßn, wie er is.

ER *gekränkt:*
Bitte. Wies d' meinst. Ich dräng mich nicht auf. Aber i sehs scho kommen: Da braucht bloß d' Tür aufgehn und die erste Mottn fliegn, dann is die Katastrophe schon fertig.

SIE Ach was!

ER Luise, ich kenn dich und deine Mottenangst.

SIE Aber du kennst d' Motten net. Die meisten, die rumfliegen, sin ja sowieso keine echten, sondern einfach – so – Dings – kleine Schmetterlinge – völlig harmlos.

ER Und die kennst du im Fliegn ausananer? Mir solls recht sein.

SIE Wenn s' fliegn, machen s' sowieso nix. Weil s' dann Mannderl sin. Und die legn keine Eier. Eier legn bloß die Weiberl. Und die kriechen ja.

ER . . . und zwar in die offene Schranktür nei – wenn s' dauernd aufgeht! Du kannst doch auch net ständig daneben stehn und aufpassn . . .

SIE Aber ich kann a Mottenmittel neitun!

ER In Schlafzimmerschrank? Daß dann alles nach Naphthalin riecht?

SIE Geh! Naphthalin! Des hat ma doch scho lang nimmer! Die ganzen Mittel sind doch heut geruchlos.

ER Und warum? Weils Nervengase sind! Jawohl! Und wenn dann d' Schranktür aufgeht, dann strömt des Zeug raus. Und i schnaufs ein. Bin i a Mottn?

SIE *besiegt:*
Nein. Du bist nur der hartnäckigste Mensch unter der Sonn, Ludwig! Also steck was drunter unter den Schrankfuß, damit endlich Schluß is, bevor i wahnsinnig wer!

ER *rechthaberisch:*
Des will i doch scho dauernd, Mama! Wenn doch der Keil net da is!

Diesmal ist ER eindeutig überlegen. Seine Penetranz, verbunden mit seiner Hilfsbereitschaft und dem ständigen demonstrativen Türknarzen, haben ihre Widerstandskraft gelähmt.

SIE Gut, Vater, dann nimm halt irgendwas – a Zündholzschachterl oder so – hast eine da?

ER *greift in die Hosentaschen:*
Ja, aber bloß a volle.

SIE Dann leers aus. Komm, gib mirs, damit a End hergeht!
Sie entreißt ihm mit letzter Kraft die Schachtel und streut die Hölzchen aufs Bett.

ER I wenn des tät: einfach alls hinschütten!

SIE Jaja – is scho recht. I räum s' ja auch wieder weg. Wie immer. So. Und des Schachterl brechn mir jetzt auseinander.

ER Brechn! Wo alls bloß Pappadeckel is!

SIE *reißt es auseinander:*
Is doch Wurscht! Hauptsach, es is was drunter. Jetzt drück du den Schrank a bißl hinter, Vater. Und i schiebs vorn nei. Aber wart, bis i sag: jetzt! Net, daß d' mir 'n auch noch auf d' Finger stellst.

ER Ob des was wird? Der Pappadeckel laßt doch nach! Wirst scho sehn . . .

SIE *kniet schon vor dem Schrank:*
Jaja . . . jetzt drück 'n amal hinter. Und halt 'n fest. Höher! Sonst kann i net nei.

ER *mit rotem Kopf:*
So! Gehts so? Muß i 'n lang halten?

SIE Moment – gleich – ja – no net! – Jetzt – jetzt kannst 'n runterlassn, Vater.

ER *aufatmend:*
Siehst es – is ja gangen. Schaun mir amal, wies paßt.

SIE Halt die Tür wieder? Is aufgsperrt?

ER Ja. Halt. Prima.

Ein zartes Quietschen setzt ein, verstärkt sich, wird raumfüllend. Der bisher geschlossene Türflügel des Schrankes öffnet sich, wie von Zauberhand bewegt.

SIE *verzweifelt:*
Nein, Ludwig! Des darf doch nicht wahr sein! Jetzt geht die andere Tür auf.

ER *mit unverhohlenem Triumph:*
I habs dir ja gleich gsagt, Luiserl: da ghört a gscheiter Keil nei. Und gschmiert ghörts auch. Beidseitig, rechts und links. Jetzt reg di nur net auf, Mama. Des kriegn mir scho, mir zwei . . .

Neunte Szene: Advent

In Bayern gehen die Uhren anders. Hat einmal jemand gesagt. Und gemeint: Sie gehen rückwärts. Die Uhren. Und die Bayern auch. Das stimmt natürlich nicht. Jeder kann sich durch die Kontrolle öffentlicher Zeitanzeiger vom gleichmäßigen Fortschritt auch im Freistaat überzeugen. Wie aufgeschlossen obendrein die Einheimischen dem Modernen begegnen, beweisen sie unter anderem beim Adventsbeginn. Viele kaufen – sie wie ER – einen Adventskranz – und dies kaum hundert Jahre nach dem Aufkommen dieses Brauches. So heben sie im privaten und öffentlichen Interesse die vorweihnachtliche Stimmung ebenso wie die Umsätze der Blumenhändler in dieser sonst flauen Zeit.

ER *pumpert, einen Adventskranz in den Händen, an der Wohnungstür:*
Mama!

SIE *drinnen:*
Ja?

ER Geh, mach mir auf – sei so gut. I kann net in d' Hosentaschen nei um d' Schlüssel. Sonst verlier i d' Kerzen – d' Tannenzapfen wackeln scho.

SIE *eilt herbei, öffnet und staunt:*

Ja, mei, Papa! Was bringst denn da daher? Warum hast denn gar so an Trumm Kranz kauft?

ER Weils d' mich um einen gschickt hast.

SIE Ja – aber – i hab gmeint: bloß so an kleinen, für aufn Tisch hin.

ER Geh! Daß i mir vier Wochen lang wie a äsender Hirsch vorkomm, wenn dauernd 's Essen in die Tannennadeln drin steht. Halt 'n amal an Moment, daß i rausschlupfen kann.

ER drückt ihr den Kranz in die Hand, angelt nach einem Kleiderbügel und zieht den Mantel aus.

SIE Und d' Hausschuh auch anziehen, bittschön, gell.

ER Jaja – eins nach 'm andern. – Wie gfallt er dir? Wirst sehn, wenn der hängt, dann schaut der wirklich was gleich, der Kranz.

SIE Ja, scho, Papa. Aber der hat ja gar keine Bänder.

ER De hab i in der Manteltaschen. Zweimal fünf Meter hab i gnommen, damit er schön runterhängt. De kannst dann glei hinbinden.

SIE Jaja – nur langsam! Tragn mir 'n zerst amal in d' Küch nei, daß i 'n auflegen kann.

ER schlüpft in die Hausschuhe, kramt die Bänder aus der Tasche und schlurrt eifrig hinter ihr drein. Noch jedes Jahr hat er ihre hausfrauliche Abneigung gegen abfallende Tannennadeln erfolgreich unterlaufen, diesmal allerdings mit einem besonders dicken Gebinde.

ER Was sagst? Gell, der is diesmal bsonders schön in der Nadel?

SIE Ja, freili – a Prachtstück is schon. So an großen hast nimmer bracht, seit d' Kinder ausm Haus sind. Was hat er denn kost?

ER *generös:*
Des werd net gsagt. Des is ein Gschenk von mir – für dich und d' Stutzi. Daß a Freud habts, wenns am Nachmittag beinand sitzts.

SIE Des is aber lieb von dir, Ludwig! Bussi.

ER *erfreut über ihren, wenn auch flüchtigen Kuß:*
Danke. I muß selber sagn: sehr gut schaut er aus, der Kranz. Wirklich.

SIE Ja – und apropos Geschenke, Papa! Des müss' ma jetzt unbedingt besprechen. Was schenk ma denn die Kinder an Weihnachten?

ER Was wünschen sie si denn?

SIE Wie immer: a Überraschung.

ER Gut. Kaufst a Überraschung. Mir is scho recht.
Wichtig:
Und: überkreuzen die Bänder, gell – da oben – übers Kreuz legn.

SIE *ist schon dabei:*
Jaja – aber was für a Überraschung, Papa? Des is doch die Frage.

ER Jaja, freilich. Hm . . . Was meinst denn du?

SIE Ich! Immer soll ich was meinen. Überleg dir halt du aa amal was. Dann fallt dir sicher was ein.

Mit dieser Bemerkung beweist SIE die unerschöpfliche Fülle des Vertrauens, die gute Ehefrauen auszeichnet. Denn obgleich ihm noch nie etwas wirklich Verwendbares zu diesem Punkt eingefallen ist, zweifelt sie nicht an seinen möglicherweise doch vorhandenen guten Ideen.

ER *lässig:*
Jaja. Mir wern scho was finden. Jetzt knüpfst zerst amal die Bänder hin, am besten so in den halben Abstand zwischen die Kerzen nei.

SIE Ja, natürli net direkt neben die Kerzen. Sonst fangen s' ja Feuer. Naa, sag halt, Papa: Was meinst denn zum Beispiel, was i ungefähr ausgebn soll?

ER Ja mei, des kommt drauf an, was d' nimmst.

SIE Des is klar. Aber für wenig krieg i nur wenig!

ER Nimmst halt a bißl mehr – wenns net gar zu viel is.

SIE Also, Vater! Du und deine Auskünfte! Jetzt weiß i so viel wie vorher.

ER Machs halt wie jedes Jahr: kaufst, was d' meinst. Und hebst vom Konto ab, was d' brauchst. Mir is scho recht. – Moanst, daß die Schleifen so halt!?

SIE *bindet weiter:*
Ja, des is ja a Schleife, die sich beim Hängen zuzieht! – Naa, im Ernst, Papa, mach halt du aa amal an Vorschlag.

ER Tja – dann kaufst halt . . . also kaufst für unsere zwei was – fürn Maxl und für d' Helga – und natürli aa für ihrn Mann: der Peter muß scho aa was kriegn – und natürli für d' Stutzi – und wem müss' ma sonst no was schenken?

SIE verdreht die Augen zum Himmel. Vergebens. Denn der Himmel ist seit ihrer Jungmädchenzeit für Weihnachtsgeschenke nicht mehr zuständig. Und ER interessiert sich nur für den Kranz.

SIE Geh, Papa! Also weißt! Wer was kriegn muß, des is doch klar! Aber was! Um des gehts doch!

ER Ja – dann kaufst halt . . . fest anziehn des Band, Luiserl!

SIE *zupft und zieht:*
Jaja! – Also, was meinst?

ER Ja . . . Kaufst halt was zum Anziehn . . . oder was zum Essen . . . oder was für d' Wohnung. Und für die Kloane was zum Spieln.

SIE *allmählich ungeduldig:*
Freilich nix zum Wegwerfen! Des weiß i selber. Aber welche Sachen im einzelnen? Sag mir halt amal: Was soll ich für d' Helga nehmen?

ER Also, des kannst doch mich net fragn, Mama! Des sin doch Damensachen! Davon versteh i doch nix. I bin ja scho froh, wenn i überhaupt für dich was herbring. Was möchst denn du? Fragn mir amal so.

SIE Ach, gar nix! Mach dir kein Kopfzerbrechen. A kleine Aufmerksamkeit reicht. – Geh, tu da den Daumen drauf.

ER *gehorsam:*
Ja – sofort. – Aber die Aufmerksamkeit muß i ja aa erst bsorgn, Mama. Sag halt, was d' willst!

SIE Mei, Papa . . . schenkst mir halt wieder a Parfüm oder a schöne Seife. Die kann i immer brauchen.

ER Aber doch net jedes Jahr! I hätt dir halt auch gern amal was anders gschenkt. Magst net wieder amal was zum Anziehn?

Wieder schickt SIE einen Blick nach oben. Diesmal ist ihm ein großer Symbolgehalt nicht abzusprechen. Wenn ER ihr nämlich Kleidungsstücke schenkt, scheinen sie jedesmal für Überirdische bestimmt zu sein, so absolut unpassend sind sie in Größe, Form und Farben. Außer seiner herzlichen Zuneigung, die sie widerspiegeln, ist nie etwas Brauchbares an ihnen.

SIE *zärtlich abwehrend:*
Nein, Ludwig, gib dir kei Müh – bis d' da lang rumrennst . . . und dann paßts mir vielleicht doch net, wenn is net vorher probier . . .

ER Und wenn i was nimm, was net so genau passen muß? A Nachthemderl vielleicht? Da gibts solche Sachen mit Spitzen oder so was.

SIE I weiß scho. Aber passen muß trotzdem. I mags net, wenns zwickt.

ER Dann nimm is halt reichlich – mit so Falten obn rum – oder wie sies halt so ham.

SIE Daß i dann daherkomm wie a wandelnde Bavaria!

Dieser Vergleich ist etwas übertrieben. Die hier gemeinte Bavaria ist ein erzenes Standbild über der Wiesn von ca. 19 Meter Höhe, deren Umfang nicht nur wegen der künstlerisch gerafften Gewänder und der eingeschlossenen Wendeltreppe als beträchtlich bezeichnet werden muß. SIE hingegen ist allenfalls »gut beinand« – wie der höfliche Bayer eine wohlgenährte Frauensperson nennt.

ER Was du immer hast! A bißl üppig is doch sehr nett.

SIE Ich bin üppig genug. I hab drei Pfund über meim Normalgwicht.

ER *angetan näherrückend:*
Und jedes Pfund is mir lieb und wert. Schau, Muckerl, es is doch so . . .

SIE . . . daß mir lieber is, wenns d' deine Finger jetzt zum Kranzhalten hernimmst. Und nicht für was anders, Ludwig! Halt 'n halt a bißl hoch, daß i mitm Band besser unten durchkomm!

ER *enttäuscht:*
Naa wirklich, Luiserl! Was ihr immer habts mit euerm Bohnenstangenfimmel. D' Helga is genauso: Essen wie a Spatz und dann recht nervös sein.

SIE Ich bin nicht nervös! I wers nur, wenn mir der Kranz immer davonfahrt. Wenns d' halt a bißl dagegnhalten tätst, Papa!

ER Mach i ja – aber du reißt immer so rum. Und warum? Weil du eben nervös bist. Und nervös bist, weil du zu mager bist.

SIE Jaja ... is scho recht ... Jetzt hör nur wieder auf. I weiß scho ...

Die Meinungen hierüber sind längst als vollkommen entgegengesetzt erkannt: SIE schwört – zusammen mit Ärzten, Gesundheitsministern, Krankenkassen und Damenkonfektionären – auf die schlanke Linie, ER – mit dem Rest der Welt – auf eher Rubenssche Formen: ein Zeichen seines künstlerischen Empfindens und seines Realitätssinnes. Denn SIE entspricht eher seinen Vorstellungen als ihren Wünschen.

ER *dozierend:*
Glaub mir, Luise: Mollig sein ist gesund! Nur die Dicken haben die Seelenruhe. Des sagt doch schon der Julius Cäsar in dem Stück von dem . . . Dingsda: »Laßt dicke Männer um mich sein, mit runden Köpfen – und die nachts gut schlafen . . .«

SIE Meinetwegen – wenn er s' gern hat, die dicken Männer. Aber die brauchst doch du net!

ER Ich mein doch jetzt dich!

SIE Ja, ich brauch s' schon gleich gar net . . . I hab doch dich! – Also, halt den Kranz da – sei so gut.

ER Jaja – aber es geht doch jetzt um den guten Schlaf der Dicken.

SIE Is ja recht. Des weiß i doch, daß du gut schlafst.

ER Nein, Luise – es geht um *deinen* Schlaf!

SIE Ja – und? Ich schlaf ja auch gut – wenns d' mi net weckst.

ER Nein, Luise!

SIE Natürli schlaf i gut. Außerdem kannst du des gar net beurteilen, wie ich schlaf – wenns du selber schlafst.

Wieder einmal bringt SIE seine klugen Ausführungen durcheinander, indem sie an beliebigen Stellen einhakt und die edlen Bögen seiner Gedankengänge kurzerhand im Irdischen festzurrt.

ER *wehrt sich:*
Mama! Laß mich jetzt bitte ausreden! Ich will doch nur das Beispiel von den dicken Männern auf dich übertragen.

SIE Also, jetzt wirds besser! Jetzt bin i auf einmal wieder dick!

ER Nein! Ich mein doch nur: A bißl mehr Molligkeit wär auch für deine Nerven gut. Des is nur gsund. Außerdem wirst älter.

SIE Dankschön, reib mirs nur immer wieder unter d' Nasn, daß i nimmer jung bin!

ER Nein! So is doch net gmeint. I sag doch nur: Du lebst dann länger! Außerdem sind Rundungen bei Frauen auch ein Symbol – ein Zeichen . . .

SIE . . . dafür, daß z'viel Torten gessen ham, ja. Halt den Daumen aufs Band, sei so gut.

ER Nein!!!

SIE Dann nicht – was hast denn jetzt auf einmal?

ER *verzweifelt:*
Luise! Mein »Nein« hat sich doch lediglich auf die Torten bezogen!

SIE *scheinbar ratlos:*
Wieso jetzt des wieder? Erst sagst, i soll mollig sein – und dann verbietst mir d' Torten. Also weißt, da kenn si aus, wer mag.

ER Luise! Ich wollte nur nicht, daß du die Torten ins Gespräch wirfst!

SIE kichert. Seine Verwirrung ist endgültig. Mit äußerster Entschlossenheit versucht ER, seine Überlegungen noch einmal zusammenzufassen.

ER Lach nicht! Sondern laß mich endlich meinen Gedankengang fertigmachen. Ich wollte sagen: a) Molligkeit ist gesund. Und b) Rundungen bei Frauen sind ein biologisches Signal von hoher Bedeutung. Weil der Mann dadurch nämlich unwiderstehlich angezogen wird und . . .

SIE *gelassen:*
. . . und den Rest weiß i scho lang. Den kannst dir sparn, Vater. Was ich hingegn nicht weiß, is: Was schenkn mir zu Weihnachten her? Gut, laß mir amal d' Helga und 's Kind beiseite. Aber was schenk mir unsere zwei Männer – am Peter und am Maxl? Jetzt sag amal.

ER Ich? Des darfst doch mich net fragn! Wie soll ich des wissen?

SIE Geh, du wirst doch wissen, was ein Mann brauchen kann!

ER Alles, was ihm sei Frau bsorgt.

SIE Geh, Papa. Jetzt druckst dich scho wieder!

ER Gar net. Aber schau, wer kauft denn mei ganz Sach? Du doch! Seit mehr als dreißig Jahr. I müßt mir ja scho längst d' Unterhosen aufn Bauch maln, wenns d' es net heimtragn tätst. Du verstehst doch des glänzend – du wirst scho was finden. Du bist ja mei Gscheite. Du machst des scho.

Diesmal hat ER gewonnen. Oder am Ende doch SIE? Oder beide? An Weihnachten wird es sich zeigen.

SIE *seufzt ein bißchen und lächelt zugleich:*
Mei, Vater . . . du bist einer . . . Mit dir is ma aufgricht.

ER *liebevoll:*
I scho aa mit dir! Und zu zweit sind mir überhaupt unschlagbar. Jetzt paß auf, Muckerl, halt du die Bandl hoch – des hast sehr schön gmacht! – und i trag den Kranz – und jetzt hängen mir 'n recht schö auf mitnand, mir zwei . . .

Zehnte Szene: Kälte

Auf werbewirksamen Postkarten von München scheint die Stadt unmittelbar unter der Zugspitze zu liegen. Das allerdings ist nur eine optische Täuschung, die ein Föhntag erzeugt. Trotzdem stellt die immerhin vorhandene Nähe der Berge mit den frühen Schneefällen hohe Anforderungen an die Wetterfestigkeit der Einheimischen. Zumal die kürzlich ausgebrochene Sparsamkeit beim Heizen und die schon länger vorhandene Sparsamkeit bei der Wärmeisolierung von Neubauten die Wohnungstemperaturen sehr niedrig hält.
ER sitzt, wohlig geborgen in seiner alten Wolljacke, hinter seiner Zeitung. SIE strickt und friert.

SIE Vater?

ER Ja?

SIE Geh, lang amal auf d' Heizung hin, sei so gut. I kann meine Nadeln net auslassn . . . Is die überhaupt an?

ER *wirft einen flüchtigen Blick darauf:*
Ja – steht bei »auf«.

SIE Ganz auf?

ER Jaja. Am Anschlag.

SIE Des gibts doch gar net! I hab ja ganz klamme Finger. Geh, lang doch amal hin, ob s' wirklich warm is.

Sie läßt das Strickzeug sinken.

ER *erhebt sich ächzend und kontrolliert:*
Noja, bsonders heiß is net. Weil d' Hausmeisterin ja über Nacht immer auf »klein« stellt. Wird schon noch kommen. Daß du aa in aller Herrgottsfrüh scho strickst?

SIE Weil i a gscheits Licht brauch für des Norwegermuster. Abends hat ma immer bloß die Funzel beim Fernsehen. Da is ja kein Fertigwerden.

ER *nur halb interessiert:*
Warum? Ghört des für Weihnachten?

SIE Freilich.

ER greift wieder zu seiner Zeitung. SIE nimmt ihr Strickzeug auf und zählt halblaut an dem Norwegermuster weiter. Die Konsolenuhr tickt gemütlich vor sich hin. Vollkommene eheliche Harmonie wärmt die Herzen. Leider aber nicht ihre Finger.

SIE *läßt die Nadeln wieder sinken:*
I versteh gar net, Vater, daß da jetzt nie mehr richtig warm wird herin. Untertags nämlich auch net. Sogar d' Stutzi friert bei der Hausaufgab.

ER *nuschelt:*
Mei . . . Energiesparn . . .

SIE Ja, is ja recht. Aber ma muß doch net glei so übertreiben, daß ma sich d' Schwindsucht holt vor lauter Kälten.

ER *nützt wie gewohnt jede Gelegenheit, um sie zu belehren:*
Schwindsucht, Luise, kommt nicht von der Kälte. Des is eine Infektion. Mit Tuberkelbazillen.

SIE Des weiß i auch. Aber an Husten hat ma glei . . . Wo war i jetzt? Zwei weiß – vier rot – und dann kommt der nächste Stern . . . mhm . . .

Wieder versinkt ER hinter seiner Zeitung. SIE strickt und zählt. Nach einer Weile sagt sie, über die Nadeln hinweg:

SIE Des kannst ihr wirklich amal sagn, Vater.

ER Was? Wem?

SIE Der Hausmeisterin. Daß d' Automatik a bißl größer stellt.

ER *im Lesen:*
Jaja . . . wenn i s' amal seh . . .

SIE Dann sagst es ihr gleich, wenns d' ihr ihr Weihnachtsgeld gibst. Des mag s' sowieso immer reichlich vorher. Daß was kaufen kann.

ER *aufblickend:*
Ah ja – gut. Wieviel muß i ihr denn da gebn?

SIE *im Stricken:*
Was hast ihr denn vorigs Jahr gebn? Zwei weiß – vier rot . . .

ER Vorigs Jahr? War des net – Dings . . . wieviel war jetzt des glei? Hast es net aufgschriebn, Mama?

SIE Moment – wieso sin jetzt des bloß drei rote? Herrschaft, jetzt is mir a Maschen nuntergfalln. Siehst es, so steif bin i scho!

ER Dann tät i mi halt warm anziehn.

SIE Bin i doch.

ER kommt endgültig hinter seiner Zeitung vor, schiebt die Brille auf die Nasenspitze und mustert SIE, über den Rand äugend.

ER Des heiß i doch net warm anzogn sein! Des feine Jackerl! Wos d' bloß no die leichte Blusn drunter hast!

SIE Geh, du tust ja, als tät i halbnackt rumsitzen.

ER Na, also viel is des net, Luiserl: des bisserl Rock und die dünnen Strümpf! Ich möcht dich nicht hörn, wenn ich so daherkäm!

SIE *spöttisch:*

Geh, Vater – auf deine alten Tag wirst doch nimmer mit so was anfangen!

ER Was heißt da »alte Tag«! Und überhaupt sag ichs nur beispielsweise. Wenn ich so leicht anzogen wär, dann tätst sofort sagn . . .

SIE . . . die langen Unterhosen derfst aa wieder in Betrieb nehmen. I hab dir s' scho vorgräumt – in der unteren Schublad sins . . .

ER Siehst, des is wieder amal typisch! Bei mir bist sofort da mit die guten Ratschläg . . .

SIE Weil du auch immer sofort da bist mitm Katarrh. Und des is bei dir jedesmal a Tragödie.

ER Bei mir? So? Wer hat 'n denn ghabt neulich!

SIE *zählt scheinbar ungerührt an ihrem Strickmuster weiter und sagt nur obenhin:*
Anziehn kannst deine langen Unterhosen trotzdem.

ER Des mach i scho. Aber nicht vor Wintersanfang. Erst am 21. Dezember und keinen Tag eher! Schau i ja grauenhaft damit aus.

SIE Auf des kommts jetzt doch aa nimmer an.

ER *getroffen:*
Was soll des heißen? Sei so gut!

SIE Nein, i mein doch nur – die paar Tag hin oder her – die machen doch 's Kraut net fett . . . Ja, Herrschaftseiten, jetzt is mir scho wieder a Maschen auskommen! Weil ich auch Finger hab wie Eiszapfen.

ER I tät halt nacher in a lange Hosen neischlupfen!

SIE Die wärmt mir d' Finger auch net.

ER Doch! Weil si nämlich dein ganzer Wärmehaushalt günstiger gestaltet.

SIE Jaja – schon recht. I kann jetzt d' Nadeln net auslassn!
SIE runzelt die Stirn, zählt genau die Maschen, zupft, zieht, kontrol-

liert ihr Musterblatt. Ihre offensichtliche Gleichgültigkeit gegenüber seinen Ausführungen gibt ihm besonderen Auftrieb.

ER Wenn ich dirs doch sag, Luiserl! Des is ein physikalisches Gesetz: durch die dauernde Abkühlung deiner unteren Extremitäten sinkt doch deine Gesamtkörpertemperatur. Und dadurch frierst du natürlich auch an den oberen Extremitäten.

SIE *freundlich:*
Geh, Papa, kümmer dich jetzt nicht um meine Extremitäten. Sondern heb mir lieber den Knäuel auf, sei so gut. Da bei dir muß er hintergrollt sein.

ER legt endgültig seine Zeitung beiseite, bückt sich ächzend, sieht den Wollknäuel und auch ihre Beine. Diese – in Bayern kurz »d' Füß« genannt – haben sonst immer sein besonderes Wohlgefallen erregt. Diesmal allerdings nicht.

ER Und Strümpf hast an! Strümpf wie ein Hauch! Schau dir des an!

SIE I kann jetzt net da nunterschaun – i muß aufs Muster aufpassn ... zwei – und fünf is desmal ...

ER *faßt ihre Knie:*
Kein Wunder, daß d' eiskalte Füß hast – bis rauf zu die Knie.

SIE Geh, tu deine Finger weg und bring mi net draus! Komm lieber rauf da und gib mir d' Woll. Dank dir schön.

ER Mit solche Strümpf, Luiserl, kannst du doch bei dieser Jahreszeit unmöglich mehr rumlaufen! Da mußt du ja krank wern!

SIE *ironisch:*
Gern – wenns d' es anschaffst, Bärle. Sonst nicht. I tu ja alles, was du willst. Immerhin sin meine Strümpf lang – und was hast du an? Schau dich doch an: kurze Socken!

ER Aber Luise, ich hab doch zusätzlich noch lange Hosen an. Schau bitte – da ...

SIE *winkt ab:*
Danke, die kenn ich! Die mußt mir net extra zeigen.

ER Ich will dir ja nur die Zusammenhänge erklären. Weil die ja ausschlaggebend sin. Denn schau: ich hab zwischen Socken und Fuß einen kleinen Luftzwischenraum, dadurch, daß er weghängt.

SIE Der Fuß?

ER Nein, der Socken! Der Socken hängt weg!

SIE Des is ja kein Wunder. Mit Gummi willst es net, weil er dich zwickt, und Sockenhalter magst scho glei gar net.

ER Is ja recht, Luise, aber . . .

SIE Recht oder net . . . elegant is keinesfalls.

Wieder wendet SIE sich ihrer Strickerei zu, ordnet die verwirrten Fäden, wickelt das Abgerollte wieder auf. Auch ER versucht, den roten Faden seiner Theorie wieder zu fassen.

ER Mama, bitte: Es geht doch jetzt nicht um die Eleganz! Es geht in diesem Fall nur um den Luftzwischenraum. Und zwar um die physikalische Tatsache, daß Luft ein ausgezeichneter Wärmeisolator is. Und des hast du schon amal nicht bei deine anliegenden Strümpf.

SIE Ja, soll i vielleicht mit Ziehharmonikastrümpf daherkommen?

ER Davon war keine Rede. I erklär dir doch nur: Vom Wärmehaushalt her bin i scho allein durch den größeren Luftzwischenraum in die Socken besser dran. Jetzt hab i aber noch zusätzlich in den Hosen eine enorme Luftmasse zur Verfügung.

SIE Jaja, i glaub dirs schon.

ER Da gibts doch nix zu kichern! Du mußt meine Hosenröhren gewissermaßen als – Dings – als thermische Elemente sehen. Sozusagen – als Behälter für eine wärmende Luftsäule.

SIE Ah? I hab gedacht: für dich!

ER *ernsthaft:*
Auch, Luise, auch! Ich bin ja gewissermaßen als Wärmeerzeuger drin.

SIE So?

ER Aber die Hose, beziehungsweise die Luftschicht in der Hose, die wird eben da drin festgehalten, und da . . .

SIE *mild:*
Festgehalten! Geh, Ludwig! Der Stoff ist doch durchlässig. Sonst hättst ja an Dampfkessel anstatt der Hosen.

Ihr Blick trifft ihn mit jener alles verzeihenden Nachsicht, die ihm anzeigt, wie weit ER sich bereits vergaloppiert hat. Um so gründlicher führt er ergänzende Erklärungen ins Treffen.

ER Selbstverständlich, Luise, findet in der Hose immer auch ein gewisser Luftwechsel statt, aber eben nur teilweise und gebremst durch die Stoffröhren, die ihrerseits . . .

SIE *glucksend:*
Geh, bitte, Ludwig, tu mir den Gfalln und hör jetzt auf mit deiner ewigen Hosenluft.

ER Also, du kannst manchmal entsetzlich kindisch sein, Luise! Man erklärt dirs doch nur: die Warmluft steigt immer nach oben, da is aber zu, da kann s' net naus und . . .

SIE Jaja – i habs ja scho begriffen. Du hast mirs sehr gut erklärt. Was i net begreifn kann, is nur des, warum i da so furchtbar viel Maschen hab. Des kann doch net stimmen? Findst net?

ER *vollkommen verwirrt:*
Wie – was?

SIE *mustert das Gestrickte:*
Des is z' breit – obnrum. Obwohl – bei einer Rundstrickpasse könnts trotzdem richtig sein. Geh, schlupf amal nei, Ludwig, damit is seh.

ER betrachtet verwundert und respektvoll das Gewirr von Fäden, Gestrick und Nadeln. Die Verwandlung eines Wollknäuels in ein Kleidungsstück verblüfft ihn immer wieder.

ER Was? Neischlupfen – in des Dingsda – wieso ich?

SIE Weil sonst niemand da is.

ER Kann ma da scho nei? Wo isn da überhaupt der Einstieg?

SIE Moment! I hilf dir scho . . . Wart! Reiß mir keine Maschen runter!

ER Nanaa! Is des oben? Oder unt? Und – was wird denn des überhaupt?

SIE A Norwegerpullover – sag i doch ständig. Gfallt er dir, Bärle?

ER *streicht vorsichtig drüber:*
Ja – scho – der wird ja sehr schön – des Muster – und de Woll – so weich . . .

SIE *lächelt:*
Jaja – weil alles mit wärmephysikalischem Luftzwischenraum is. Und mit austauschfähig strömenden Dampfelementen.

ER Wieso? Is der für mich?

SIE Des wern mir dann scho sehn – an Weihnachten – mir zwei . . .

Elfte Szene: Romanze

Unsere beiden haben Weihnachten in voller Harmonie und beim leisen Rieseln der ersten Tannennadeln vom Christbaum daheim verbracht. Das wahre Schifahrerwetter mit reichlichen Schneefällen stellt sich bei uns ohnehin meist erst dann ein, wenn die Feiertage vorbei und die Leute wieder an der Arbeit sind. Nur ER ist es nicht. Er nimmt dann nämlich seinen Winterurlaub. Und so sieht die Wohnung auch heute schon sehr nach Aufbruch aus.

SIE *mit dem Einkaufskorb in der Hand am Gang:*
Vater?

ER *im Wohnzimmer:*
Ja?

SIE Ich geh dann jetzt, gell.

ER Ja, is scho recht. – Des heißt: Moment! Wieso? Wohin denn?

SIE *schaut zur Tür herein:*
Bloß zum Einkaufen. – Was machst denn du da herin, Ludwig?

ER *beschäftigt, wendet kaum den Blick:*
Christbaum abschmücken. Du hast doch gsagt, des muß gmacht wern, eh mir fahrn. Warum rennst denn jetzt plötzlich weg?

SIE Weil ich noch einkaufen muß, Papa. I brauch doch noch allerhand. Ohne Sonnencrem zum Beispiel kann i net in Schiurlaub fahrn.

ER Ich schon.

SIE Ja! Weil du die meine nimmst.

ER gibt keine Antwort. Zum einen, weil sich jede Erörterung erübrigt. Denn er benützt im Prinzip nie ihre Kosmetikartikel. Sondern immer nur in Ausnahmefällen, die allerdings häufig sind. Zum anderen lauscht er der alten Spieluhr, die er aufgezogen hat. Sie klimpert zierlich »O Tannenbaum« vor sich hin.

ER *sinniert:*
Schö is er gwesn, unser Baum, gell? Eigentlich no z' schad zum Abschmücken.

SIE Warum hast dann jetzt so gschwind damit angfangen? Hättst wenigstens gwart, bis i wieder da bin. Und überhaupt: So geht doch des net, Papa! Du kannst doch die Kugeln net mitsamt dem Staub in d' Schachteln neitun! Des muß doch sauber verpackt werden!

ER Gut, dann verpack s' du. Und i leg s' derweil bloß da her.

SIE *ungeduldig:*
Net! So rolln s' doch nunter!
Eine Kugel fällt und splittert –
Siehst es, is scho hin!

ER Des is der natürliche Verschleiß. Da kann ma nix machen, Mama. D' Glasbläser wolln auch leben.

SIE *nervös:*
Aber mich bringst um, Ludwig, mit dem Geklimpere! Stell bitte die Spieldose ab – des kann ma doch jetzt nimmer hörn!

ER Aber Luise! Ich muß doch die Feder ablaufen lassen. Aufgezogen kann s' nicht ein Jahr stehn bleibn. Des schadt ihr.

Spieldosenbesitzer werden dieses Argument anerkennen. Psychologen entschleiern es als Vorwand. Denn so kann ER sich wieder in den Zauber seiner Kindertage versenken, aus denen die Spieldose stammt. SIE versteht beides und lächelt.

SIE Gut, Bärle. Dann laß halt auslaufen. Und alles übrige laßt bittschön sein, gell! Des mach mir hernach mitnand. I muß erst schaun, daß ich fürs Mittagessen no was krieg.

ER *kehrt in die Wirklichkeit zurück:*
Wieso? Was willst denn no kaufn?

SIE Was du willst.

ER Ja, ich will gar nix. Nach die Feiertag kann ich mir überhaupt nicht vorstellen, daß ich je wieder was eß.

SIE Ja! Bis Mittag is und d' Gschäfte zu ham! Dann hast du Hunger!

ER *nachsichtig:*
Und du hast jetzt scho wieder dein Reisefieber. Luiserl! Geh, sei doch net so nervös! Mir fahrn doch erst morgen! Jetzt mach mir zerst amal da herin fertig – und einkaufen tust später. Weil dir hernach ja doch noch was einfallt.

SIE Geh – i kann mich doch jetzt net wieder ganz ausziehn.

ER Ganz mußt ja nicht. Nur den Mantel. Da geh her. Laß dir helfen. Und Mund auf! Da hast a Zuckerkringerl. Des is gut für d' Nerven.

SIE *lutschend:*
Und schlecht für mein Zahn. I spür da was – links unten.

ER *beruhigend:*
Des sind auch die Nerven, Mama. Jetzt setz dich her und wickel amal des Zeug da ein . . .

ER wirft ihren Mantel achtlos über die Stuhllehne, klemmt SIE auf einen rasch freigeräumten Platz zwischen Schachteln, Glasvögelchen, Kerzenhaltern, Kugeln, Packpapier und alten Zeitungen und drückt ihr ein Stück gebrauchtes Seidenpapier in die Hand.

SIE Geh, Papa, was soll denn des? Du wirst sehn, mir sperrn d' Gschäfte zu. Daß mir auch immer ausgerechnet am Sonntag in Urlaub fahrn müssn! Des is so unpraktisch. Wenn andere Leut scho bald heimkommen, fahrn mir erst weg.

ER Ja! Und zwar in aller Seelenruhe. Des is ja der Trick dabei. Weil na d' Straßn frei san. Jetzt bleib nur schö sitzen. Da hast a Glöckerl.

SIE *staubt es ab und beginnt mit dem Einwickeln:*
Hätt ma jetzt net an Silvester fahrn können? Da hätt ma ja auch viel mehr ghabt vom Urlaub . . .

ER Ja. Vor allem viel mehr Ärger. Du weißt, ich mag den Rummel net. Jetzt sind d' Feiertag vorbei. Da ham mir unser Ruh. – Da is noch a Glöckerl . . .

SIE Die sind nicht vorbei! Weil am Sechsten ja nomal Feiertag is: Heilig Drei König.

ER Des is nur bei uns herunt. Net bei die drobern. Drum is auch auf der Hütten viel ruhiger. Weil d' Preußen scho weg sin.

SIE Was du immer hast gegen die Preußen . . .

ER Ich hab nix dagegen. I kann s' bloß net leiden.

Dies ist beileibe kein unbegründetes Vorurteil gegen die Bewohner des ehemaligen Königreiches Preußen. Denn erstens ist es historisch durchaus begründet. Und zweitens richtet es sich keineswegs nur gegen diese. Preußen im oben genannten Sinn können auch Rheinländer, Westfalen, Aachener, Hamburger, Holländer etc. sein, wenn sie sich durch ein spezielles Benehmen auszeichnen.

SIE *mit mildem Tadel:*
Aber Ludwig! So kannst doch net reden!

ER Warum net? Die reden ja auch den ganzen Tag und fragn net, obs mir paßt. »Männe! Männe! Ach Schätzchen! Kuck mal! Hallo! Hierher!«

SIE Ach so – du meinst die Dingsda von damals. Hör halt net hin!

ER Wie soll ich des machen? I bin ja kein Seehund mit einem verschließbaren Gehörgang. Noch dazu, wo sie ein Organ hat wie die Posaunen von Jericho. Und überhaupt hab i des scho dick, wenn s' mir immer 's Schifahrn erklärn möchten.

SIE Sie haben aber auch die modernste Technik ghabt, Ludwig.

ER Dafür hab ich scho Stemmbogn gübt, wie sie noch net amal gradaus ham gehn können. – Ob des Trompeterl no geht . . .

ER bläst genußvoll in das kleine Glastrompetchen und nickt zufrieden. Auch die zierlichen roten, grünen und gelben Glöckchen prüft er klingelnd, ehe er sie ihr zuschiebt. Die Spieldose ist verstummt.

SIE Nur langsam und net alls auf einmal, Ludwig . . .

ER Nanaa. – Und überhaupt kommts gar net auf die Technik an.

SIE Bei was?

ER Beim Schifahrn. Heut is sowieso viel wichtiger, daß einer bremsen kann. Außerdem: bloß weil s' Schi ham wie d' Rosi Mittermeier, kriegn s' no lang kei Goldmedaille.

SIE Ja, is scho recht, jetzt ärger di nimmer, Papa. Vielleicht warn s' heuer auch gar net da, de Leut. Hätt ma so schön Silvester droben feiern können.

ER Mit Schunkeln! Und mit Gesang! Des hätt i net viel dick.

SIE Du hättst doch net mitmachen müssen. Hätt ma uns halt an unser Ecktischerl gsetzt mitm Sepp. Und um Mitternacht wärn ma dann nausgangen. Des war doch immer so schön – mit die Stern und die Glocken vom Tal und die Böllerschüss' . . . richtig romantisch.

ER Seit wann sin Schüss' romantisch? Laß amal a paar Tonnen über dich drüberorgeln, dann hast a ganz anders G'fühl.

SIE *schwärmerisch:*
Ich mein ja mehr so allgemein. Wenn ma dann draußen steht . . . und ma spürt direkt, wie um Mitternacht 's neue Jahr über d' Berg hereinzieht . . .

ER *sachlich:*
Da spürst was Falsches. – Des Zuckerkringerl eß jetzt ich.

SIE Warum?

ER Weil du doch Zahnweh hast. Und aufhebn können mirs auch net.

SIE Nein, ich mein: Warum ich da was Falsches spür?

ER Weil 's neue Jahr nie um Mitternacht einzieht.

SIE Ah geh! Wer sagt denn des?

Diese Frage ist rein rhetorisch. Denn es gibt darauf nur eine Antwort, die SIE im voraus weiß:

ER Ich.

SIE Geh!

ER Jawohl. Und außerdem is des berechnet. Und schon seit Millionen Jahren so! Die Erde braucht für eine Jahresumdrehung um die Sonne eben nicht bloß 365 Tage, sondern ziemlich genau 365 und ein viertelten Tag.

SIE Wie des?

ER Weil sies net schneller kann. Sie braucht halt amal sechs Stunden länger, als unser Normaljahr dauert. Darum kannst du niemals um Mitternacht das neue Jahr einziehen spüren, Luise. Sondern allenfalls um sechse in der Früh. Und da spürst auch nix, weils d' da schon schlafst.

SIE *überlegt:*
Geh, Ludwig! Des gibts doch gar net! Dann tät sich ja jedes Jahr 's Neujahr um sechs Stunden weiter nausschieben.

ER Des tuts auch! Erst um sechs Stunden, dann um zwölf, dann um achtzehn . . .

SIE Ah, mach an Punkt! Da tät ja zum Schluß Neujahr in Sommer falln.

ER Täts. Wenn nicht das Schaltjahr wär, alle vier Jahr. Des gleichts mit dem 29. Februar wieder aus – wenigstens halbwegs. Denn viermal Dings is ja . . . was hab i gsagt?

SIE verfolgt stirnrunzelnd seine Ausführungen. Im Kopfrechnen war er schon als Bub schwach. Seit er den Computer benützt, ist er darin offensichtlich nicht stärker.

SIE *mißtrauisch:*
No . . . i weiß net, Papa! Was d' dir da wieder ausdenkst . . . Natürlich fangt 's neue Jahr um Mitternacht an.

ER Natürlich is da garnix, Luiserl. Des erklär ich dir ja grad.

SIE Eben schon. Weil doch auch die Wintersonnwende is und . . .

ER . . . und die is am 21. Dezember! Glaub mir – der 1. Januar is an sich als Jahresanfang überhaupt nicht zwingend. Bitte: die alten Römer ham noch am 1. März Neujahr gfeiert. Daher heißt unser Dezember auch noch Dezember – nämlich der zehnte Monat . . . von decem – zehn.

SIE Du und deine alten Römer – des is doch scho ewig her.

ER *im Vollgefühl seiner sechs Gymnasialjahre:*
Es geht nicht um die alten Römer, Luise. Des war nur ein sprachlicher Hinweis. Es geht – wie ich dir erkläre – um die Beliebigkeit des Neujahrstermins. Schau, die Chinesen feiern zum Beispiel ganz wann anders.

SIE Siehst es – also: an sich könntens mir ja aa verschieben.

ER Verschieben? Wie?

SIE Nachfeiern.

ER Was?

SIE Neujahr.

ER Neujahr nachfeiern? Wieso des?

SIE Mei – halt so.
ER verharrt, schaut sie an, überlegt. Die Spieldose zirpt, von ihm versehentlich angestoßen, noch ein paar leise Töne. Das sprichwörtliche Englein fliegt durchs Zimmer.

ER Ja – also – bitte – wenns d' meinst . . . wenns dir net greicht hat herunten . . . von mir aus . . . feiern mir nach.

SIE Muß auch net sein, wenns d' net magst.

ER Doch, doch. Wenns d' willst... bitte. Ich mach alles, außer Schunkeln, Singen und Böllerschießen. Du kannst es auch romantisch habn. Mir solls recht sein. Such dir was aus.

SIE *zärtlich:*
I richt mi da ganz nach dir, Bärle.

ER So? Ja – dann . . . dann könnten mir ja irgendwie – daß ma . . . sagn mir . . . wenn mir uns zum Beispiel vom Sepp wieder amal d' Schlüssel gebn lassatn für d' Sennhütten.

SIE *wenig begeistert:*
Meinst?

ER *flammend:*
Doch! Des is! Genau! Des war doch so romantisch damals, Luiserl! Weißt es no? Nur mir zwei – ganz allein – war des net wunderbar?
SIE nickt. Und spürt sofort den Modergeruch und die Kälte der winterleeren Hütte. Ein gütiges Geschick, eine fehlende Zufahrtsstraße und der vollkommene Mangel an modernen Sanitäreinrichtungen haben sie bisher vor Dauermietern bewahrt.

SIE *vorsichtig:*
Ja, des war scho schön. Nur, der Aufstieg halt . . . Und wenn mir alles in die Rucksäck naufbuckeln müssen . . .

ER *heldenhaft:*
Packst eben für mich den großen. I komm scho nauf damit. Den trag i leicht.

SIE Jaja. Bloß: die Betten sin immer so klamm gwesn, net?

ER *vielsagend:*
Und? Ham mir s' net warm bracht, Muckerl? Des hat doch alles seine Reize, oder?

SIE *verlegen:*
Geh, Ludwig . . .

ER *stolz:*
Du wirst scho sehn. Laß mich nur machn! Des krieg i scho. Da schürn

mir uns schön warm ein. Und wenn dann 's Feuerl so brennt und knistert . . . draußen is alles weiß – und still . . .

SIE Und drin is alles grau vor Rauch. Da müss' ma wenigstens an Feueranzünder mitnehmen, Ludwig. Damit 's Holz besser brennt.

ER Des kriegn mir scho. Des trag i dir halt glei rei, daß trocken wird. Und dann mach i dir an guten Punsch, Schneckerl. Du weißt, des kann ich.

SIE Mhm, ja. Des wär scho schön. Dann müss' ma aber Orangen mit naufnehmen. Und was ess' mir denn sonst? Irgendwas, was leicht zum nauftragn is. An Reis vielleicht – magst an Reis, Ludwig? Gewürzt – und mit Trockenpilzen – oder was?

ER *schmust:*
Ich mag alles, was du magst, Bäzerl.

SIE *sachlich:*
Gut. An Reis . . . Obwohl . . . bei dene Töpf! Die sin ja schaurig. Da muß i unbedingt an Topfkratzer mitnehmen. Und a Gschirrspülmittel. Topfkratzer? Hab i überhaupt no an Topfkratzer da? . . . Moment, da schau i lieber glei . . .

SIE läuft geschäftig in die Küche, um nachzusehen, und läßt ihn einfach stehen. ER bleibt verdutzt und ernüchtert zurück.

ER Topfkratzer! Topfkratzer!! Und des, wenn unsereins einmal romantisch wird!

SIE *ruft herüber:*
. . . und weißt, Ludwig, dann schreib i gleich alles z'samm. Dann tät i aber doch sagn: Wenns dir recht is, gehn mir gleich zum Einkaufen. Daß mir noch alles z'sammbringen, was mir brauchen, mir zwei . . .

Zwölfte Szene: Geldsachen

Die Wohnung wirkt auffallend unordentlich. Nicht nur, weil noch zwei Paar Schi und zwei Rucksäcke am Gang stehen. Sondern vor allem deswegen, weil ER am Morgen erfolglos versucht hat, den Inhalt des seinen wieder am gewohnten Platz unterzubringen. Jetzt liegen Schuhe und Handschuhe, Wäsche und Waschzeug, Mitbringsel von gestern und Frühstücksreste von heute noch unaufgeräumt und verstreut. Denn SIE ist gerade erst dabei, ausführlich mit den Kindern zu telefonieren. Er sitzt am Schreibtisch und sortiert die Post von vierzehn Tagen.

SIE *ruft vom Gang herein, wo das Telefon steht:*
Vater!

ER Ja?

SIE *weiterhin draußen:*
D' Helga is am Telefon.

ER Des hör ich seit einer halben Stund. – Was is denn?

SIE An sich nix. Nur, ob du ihr noch was sagn willst?

ER *nuschelt:*
Was denn scho . . . Wenn s' morgn sowieso kommen. – *Ruft:* Nein, danke! An schönen Gruß!

SIE *ins Telefon:*
Nein, der Papa weiß nix Bsonderes mehr. Er laßt euch recht herzlich grüßen. An Peter und d' Stutzi auch. Ja, danke, ich richts aus. Mir freun uns schon, wenns morgn kommts . . .

ER *brummt:*
Daß der ganze Nachmittag wieder weg is wie nix . . .

SIE *weiter am Telefon:*
Gut, Kinderl! Mach ich. Ja. Pfüt di. Bussi! Wiedersehn!

ER Immer diese Dauergespräche. So geht 's Geld naus . . .

SIE *kommt fröhlich herein:*
Also, Papa: d' Helga laßt grüßen. Und sie kommen dann morgn.

ER *noch brummiger:*
Jaja – ich kann s' aa net aufhalten . . .

SIE schaut ihm über die Schulter und legt dabei zärtlich den Arm um ihn. ER weicht aus.

SIE Was hast denn jetzt auf einmal, Ludwig? Paßt dir des net, wenn die kommen?

ER Passen! Mama, mir sin doch no kaum richtig bei der Tür herin . . .

SIE Wieso? Mir sin doch scho seit gestern wieder da!

ER Ja – aber – ich muß mich doch erst wieder – Dings – geistig akklimatisiern. I bin ja kein Gletscherfloh: runter von die Berg und nauf aufn Familienkaffeetisch . . .

SIE *krabbelt ihm leicht im Genick:*
Geh, du mußt doch nirgends nauf, alter Brummer.

ER *grantig:*
Luise, ich kann mich nicht so schnell umstellen. I hab ja kein Seelenleben wie a Hosengummi – einmal gelockert und im nächsten Moment scho wieder straff. Des mußt doch verstehn.

SIE *zärtlich:*
Natürlich versteh ich des, Bärle. Es war aber auch wirklich wunderschön auf der Hütten. Des hätt i gar net gedacht . . .

ER Was – nicht gedacht?

SIE Noja . . . , daß mir zwei noch so romantisch sein können – allein – auf einer Sennhütten – als immerhin älteres Ehepaar . . .

ER Des hat doch mitm Alter nix zu tun. Ich bin durchaus – in jeder Hinsicht – gewissermaßen – variabel . . .

ER richtet sich auf, plustert sich zurecht und ist wieder einmal sehr stolz auf sich. Wenn er tut, was er kann, und kriegt, was er will, ist er absolut großartig. Findet jedenfalls er.

SIE Ah, variabel heißt ma des! Soso. Mhm . . . variabel bist du . . .

ER Ja, aber nicht, wenn ich vorm Schreibtisch sitz – mit am Haufen Post. Außerdem tut mir der Finger weh.

SIE Warum? Was hast denn?

ER An Schiefer hab ich drin. Da schau her. Is ja scho ganz rot!

SIE *ergreift seinen Finger:*
Und was für a Trumm! Hast dir den beim Holzeinräumen einzogn?

ER Wahrscheinlich vorgestern. Nicht hindrücken! Des tut doch weh!

SIE Ich will ja nur schaun, wie weit er drinsteckt.

ER Schaun kannst mit die Augn – aber net mitm Fingernagel.

ER versucht, die Hand zurückzuziehen. SIE hält sie mit sicherem Griff fest. Fluchtversuche sind zwecklos. Er ist zwischen Schreibtisch und Stuhllehne gefangen und ihrem üblichen Heilverfahren ausgeliefert.

SIE Jaja, der rührt sich noch. Den bring i leicht raus mit einer Nadel. Wart amal – da nimm ich glei eine . . .

ER *entsetzt:*

Geh! Du kannst doch nicht in der Entzündung rumbohrn. Noch dazu mit einer Nadel, die nicht steril is!

SIE Dein Schiefer is ja auch net steril. Dann is scho Wurscht. Komm nur her!

ER Au! Geh, Luise, was machst denn! Fingerspitzen sind doch empfindlich! Da hat ma doch enorm viel Nerven drin.

SIE Ja – i tu ja deine Nerven nix. I bin ja bloß am Schiefer. Jetzt halt dich halt still und sei net so empfindlich.

ER Ich bin nicht empfindlich. Ich bin feinempfindend. Sensitiv.

SIE Ja, des weiß ich ja, Bärle.

ER Außerdem sind Dicke besonders schmerzempfindlich! Des is nachgewiesen.

SIE I hab gmeint, du bist net dick, sagst immer. – Nur ruhig!

ER Bin ich auch nicht. I hab bloß a bißl an Bauch.

SIE *gelassen:*
Und im Bauch hast ja an Schiefer net drin. Geh, stell di doch net so an! Schau net hin, dann spürst es gar net. Da schau naus, da drauß is Vogerl . . .

ER Sei nicht albern, Luise! Au!!!

ER brüllt, schwer getroffen, auf. SIE hat mit einem geschickten Nadelstich den Schiefer erwischt und herausgehoben. Der ist mindestens zwei Millimeter lang – wenn nicht gar bloß einen.

SIE No also! Da ham mir 'n ja. Siehst es: Is scho überstanden. Jetzt kannst in aller Ruhe weiterschreibn. Bist ja mei Braver.

ER *knurrt:*
In aller Ruhe! Wenn d' Familie scho wieder unter der Tür steht!

SIE Geh, die kommen doch erst morgen! Da mußt dich doch jetzt noch net störn lassen. Und außerdem . . . wegn dem bißl Kaffeetrinken . . .

ER Kaffeetrinken! Luise, du weißt genau, ich hör, auch wenn ich nicht hör! Und wenn du mit der Helga telefonierst, dann hör ich sogar wortwörtlich, was sie sagt.

SIE *zu nebensächlich:*
Was denn schon? Daß die ganze Woch die Rennerei ghabt hat mit der Stutzi, weil d' Schul angangen is und ich war net da.

ER Mhm! Und daß sie sich z' Tod schuft, weil s' des Haus baun möchten ... und damit sin wir wieder bei unserm alten Thema: der Hausbau! Und mit dem wern s' mir morgn wieder in die Ohrn liegn. I sehs scho kommen!

SIE Ja und? Da kannst es doch beraten, Papa!

ER *verärgert:*
Und mitfinanziern! Um des gehts doch. Gibs doch zu!

SIE Papa, i weiß gar net, was du hast. Du bist doch sonst net so.

Wieder legt SIE ihm den Arm um die Schulter. ER zieht das Genick ein. Freundlichkeit zusammen mit Geldangelegenheiten ist nach seiner und nach allgemeiner Erfahrung eine höchst gefährliche Kombination. Aus ihrer Sicht aber die einzig erfolgversprechende.

ER *versucht immerhin den Widerstand:*
Mama, schau, du mußt doch begreifen: Ich will nicht eine Sache unterstützen, bei der ich die Folgen gar net absehn kann. Denn wenns schiefgeht, dann heißts: Der Papa hat aber auch gsagt ...

SIE Geh, was soll denn da schiefgehn! 's Grundstück ham s'. Und wenn s' an Plan machen lassen, der durchgeht, dann ...

ER ... dann ham s' noch lang nicht genügend Geld. Der Bausparvertrag reicht doch hint und vorn net.

SIE Noja – wer weiß ... wenn mir a bißl dazuhelfen ...

ER *überlegen:*
Aber Luiserl! – Was glaubst denn, was des für Beträge sin ...

SIE No, die wern sich doch berechnen lassn.

ER *im Vollgefühl seines Wissens:*
Berechnen! Kinderl! Wenn des so leicht wär! Sie brauchen Hypo-

theken. Und Hypotheken kosten Zinsen. Und zwar in einer Höhe, die du heut langfristig eben nicht berechnen kannst. Und die ihnen möglicherweise den Hals umdrehn. Des kommt ja ganz auf die Wirtschaftsentwicklung an . . .

SIE Jaja. Und auf die amerikanischen Zinsen und aufn Dollarkurs.

ER *stutzt:*
Woher weißt du des?

SIE *beiläufig:*
Mei, ma blättert halt amal im Wirtschaftsteil.

Selbstverständlich weiß ER: Den Frauen fehlt jene tiefe Einsicht in Wirtschafts- und Finanzprobleme, wie sie nur die Männer auszeichnet. Daß dennoch der weitaus größte Teil aller Gelder mit glänzendem Erfolg von den Frauen verwaltet wird, während die durchwegs männlichen Experten ebenso glänzende Staatsdefizite erzeugen, ist eines der großen Rätsel der Menschheit, auf die hier nicht näher eingegangen werden kann.

ER *überlegen:*
Geh, mit solchen Sachen mußt du dich nicht belasten, Mama. Weltwirtschaft! Ich bitt dich! Schön genug, daß d' im Haushalt so gut wirtschaftest.

SIE *vorsichtig:*
Ja eben, des is ja, Papa . . .

ER Wieso? Reichts scho wieder net? Ja, dann sag halt was!

SIE Nein. Im Gegenteil. Mir is ja was übriggeblieben.

ER *gnädig:*
Schön. Brav. Kauf dir was drum. An neuen Anorak zum Beispiel.

SIE Mach i scho – aber erst beim Ausverkauf. Da krieg i 'n billiger. Es is nur: i hab ja a bißl mehr gspart, weißt.

ER Mehr? Wie? Wovon?

SIE Von dem, was mir damals ausgmacht ham, wie ich 's Arbeiten aufghört hab. I hab immer mei Taschengeld vom Konto abghoben. Und du hast ja gsagt: was ich vom Haushaltsgeld spar, ghört auch mir.

ER Jaja. Freilich. Wieviel hast denn dann aufm Sparbuch, Bäzerl?

SIE Aufm Sparbuch? Nur so um dreihundert Mark rum.

ER Sehr schön. Fein. Also kauf dir was Fesches, Muckerl.

Seine Großzügigkeit hat Tradition. Das sogenannte »Schmugeld«, das Frauen durch geschicktes Wirtschaften beiseite bringen, hat schon seine Mutter gehabt – damals allerdings noch in einer Schachtel mit der Aufschrift: »Ächt Nürnberger Lebkuchen«. SIE hält es mit dem Sparbuch ähnlich. Meint ER. Denn er kennt zwar seine Kontoauszüge. Aber eben nicht die Geheimnisse weiblicher Finanzwirtschaft.

SIE *noch vorsichtiger:*
Nein, um des Geld gehts ja gar net, Ludwig. Des is ja bloß, damit i immer flüssig bin. Weils ja aufm Sparbuch net viel Zinsen bringt bei gesetzlicher Kündigungsfrist.

ER *stutzt bei diesem banktechnischen Ausdruck:*
Ja – wieso? Hast du anderswo noch mehr? Was denn?

SIE *sehr beiläufig:*
Noja – a paar festverzinsliche Papiere. Günstige Kurzläufer . . . Daß i disponibel bleib – für bessere Renditen.

ER Was?? Wie?

SIE Wie is halt grad erwischt hab – zinsgünstig. Und durch die Dollarbaisse seinerzeit hab i auch a bißl was rausgschlagn . . .

ER Aber Mama! Ich bin ja starr! Du spekulierst?

SIE *bescheiden:*
Nein, eigentlich net. Drum hab ich aa meine Aktien wieder abgstoßn. Die Bezugsrechte waren zwar günstig – aber die mageren Dividenden – und dann ziehn s' einem ja aa glei an Haufen Steuern und Spesen ab . . .

ER Luise! Ja sag amal: Wie kommst du denn auf des alles?

SIE *krault ihn wieder:*
Mei, i hab ja an gscheiten Mann. Gell, Bärle? Da lernt ma was mit der Zeit.

ER Jetzt tu net spotten! Sag ehrlich: Wieviel Geld hast denn überhaupt?

ER schaut sie mit einem jener eindringlichen Blicke an, die sie schon als Kind davor gewarnt haben, die Wahrheit zu sagen. Die Folgen ihres Bekennermutes waren jedesmal sehr unangenehm gewesen. Diese Erfahrungen lassen SIE auch jetzt in eine ebenso glaubhafte wie nichtssagende Antwort ausweichen.

SIE *obenhin:*
Ach, des wüßt i jetzt im Moment gar net so genau . . .

ER Aber Luise! Es is dir doch klar: Wenn du nennenswerte Beträge hast, dann mußt du auch die Zinsen daraus versteuern!

SIE Wer sagt denn, daß ich nennenswerte Beträge hab? Hab ich einen Betrag genannt? Ich hab nix ghört.

ER Mama! Ja, du bist ja raffiniert! Ich bin ja platt! Mir fehlen die Worte!

SIE *lieb:*
Wenn dir nur sonst nix fehlt, Ludwig – dann is scho recht. Oder tut dir dein Finger noch weh? Wie, laß amal schaun . . .

ER *wieder einmal ganz streng:*
Luise! Lenk jetzt bitte nicht ab!

SIE *ergreift seinen Finger:*
Nein, nein – ich bin ja ganz dabei. Siehst ja! T–t–t! Richtig! Da hast ja noch a ganz a rots Tüpferl, wo der Schiefer war. Des kann ma net so lassn. Da tu i dir gleich a Desinfektionsmittel drauf. Des hol i sofort her . . .

SIE läuft hinaus und läßt ihn wieder einmal auf dem Trockenen und vor seinem Schreibtisch sitzen.

ER *ruft ihr nach:*
Aber, Mama, mir müssen doch erst die Geldsachen besprechen!

SIE *schon draußen:*
Jaja, des mach mir dann schon – morgen – mit der Helga. Und wenn mir dann wissen, was brauchen, dann sehn mir schon, ob mir einsteigen, mir zwei . . .

Dreizehnte Szene: Fasching

Der Münchner Fasching kennt weder Karnevalssitzungen mit Büttenreden, noch Rosenmontags- oder sonstige teure Umzüge. Auch abgeschnittene Krawatten würden hier wahrscheinlich nicht sonderlich heiterkeitserregend wirken. Versuche fehlen allerdings bisher. Und sind ortsfremden Damen auch nicht anzuraten. Münchner wie ER verstehen da vermutlich keinen Spaß. Wieso der Münchner Fasching trotzdem weltberühmt ist? Vielleicht ist er einfach lustig. Und das Einfachste ist ja immer das Schwierigste. Das merkt auch SIE, als sie im Sommerkleid vor dem großen Spiegel im Schlafzimmer steht und sich kritisch betrachtet.

SIE Vater!

ER *im Wohnzimmer:*
Ja?

SIE Magst an Moment rüberkommen?

ER *wieder einmal beim Zeitunglesen:*
Naa. Eigentlich net . . . Was is denn?

SIE Des siehst dann schon, wenns d' kommst.

ER *seufzt:*
Mei, was will s' denn jetzt wieder . . .

ER erhebt sich ächzend. Entschlossen, sich nicht lang aufhalten zu lassen, behält er die Zeitung demonstrativ in der Hand und die Lesebrille auf der Nase.

SIE Nur an Moment, Papa! Geh, komm halt her!

ER *schlurrt langsam herbei:*
Ja – ja! I bin ja scho da. Nur net hetzen. Also – was is, Mama?

SIE *mit Mannequinpose:*
Schau amal, Ludwig, findst du, des geht?

ER *schielt über den Brillenrand:*
Des Sommerkleid? Ja – zum Katarrhholn gehts leicht.

SIE Nein, ich mein für heut abend – fürn Fasching, obs paßt.

ER *umrundet sie musternd:*
Scheint net.

SIE Wieso?

ER Weil der Reißverschluß offenbar net zugeht. Da schau . . .

SIE Ach, des is bloß, weil i nur schnell neigschlupft bin. Der geht scho zu. *Sie zieht – vergebens.* – Warum geht denn der net zu? Sag bloß, i bin dicker worn . . .

ER I wer mi hüten.

SIE *ungeduldig:*
Warum geht er denn dann net? Des gibts doch gar net!

ER Jetzt reiß net rum, Mama, sondern laß mich amal schaun. Wart – einen Moment . . .

ER legt die Zeitung aufs Bett, rückt die Brille zurecht und überprüft zunächst mit kritischem Blick die gesamte Lage. Die erscheint ihm äußerst erfreulich. Er beginnt an ihrem Kleid herumzufingern.

SIE *zerrt ungeduldig weiter:*
Der muß doch zugehn, Herrschaftseiten . . .

ER Also, zieh jetzt ich – oder ziehst du? – Der hängt da wo.

SIE Des hab i auch gmerkt. Aber des is ja jetzt auch egal, Ludwig . . .

ER Nein, des is nicht egal. Weils d' mit am offenen Reißverschluß net gehn kannst. Da is a Faderl! Ahja, i habs scho. *Er zieht den Verschluß hoch.* – So – jetzt.

SIE Dank schön. I wollt ja nur wissen, ob is überhaupt anziehn kann. I müßts natürlich noch a bißl faschingsmäßig ausstaffiern. Vielleicht, daß is da raff oder wo – oder a Schärpe hintu oder was.

ER Wohin?

SIE Ja mei – wo ma halt a Schärpe tragt. In der Taille – oder in der Hüfte . . . naa, des macht mich zu breit . . . Und aufn Kopf? . . .

ER Die Schärpe?

SIE Nein! I überleg nur, was i aufn Kopf tun soll. Was meinst, Papa?

ER Ja – halt – an Hut oder was.

SIE Mei! Du und deine Anregungen. Is des alles, was dir einfallt?

ER nickt und verharrt sinnend und zufrieden zugleich. Sinnend, weil ihm auch nach langen Jahren des gemeinsamen Lebens immer noch nicht klar ist, warum sie ihm so gefällt, zufrieden im Gefühl, daß es so ist. Wie das Ganze allerdings auch noch mit Schärpen, Hüten und ähnlichen Dingen zusammenhängt, ist ihm vollends ein Geheimnis. Auf Kleiderfragen weiß er keine Antworten, nur immer neue Fragen.

ER Ja, i versteh net: warum ziehst denn net des Kleid von neulich an?

SIE Ah, i kann doch net zweimal des gleiche tragn, Ludwig.

ER So? Net? Ja – bitte, wies d' meinst. Als was willst denn dann gehn?

SIE Als nix Bestimmtes. Als »was« geht ma doch heut sowieso nimmer. Hast ja gsehn neulich auf dem Fest: des warn alles mehr so Phantasiekostüme.

ER *versucht sich zu erinnern:*

Ja? Also i hab da net viel Phantasie gsehn. Des warn meistens nackte Realitäten.

SIE Weil du eben net schaust.

ER Doch. Eben grad deswegen.

SIE Jaja, i weiß scho. I mein aber jetzt: auf die Kostüme.

ER Hab i aa gschaut.

SIE Und? Was hast da gsehn?

ER Nix. Des sag i ja.

SIE *ein kleines bißchen eifersüchtig:*
Aber an Hals hast dir schon ausgrenkt nach der Grünen, gell?

ER Nach welcher Grünen?

SIE No, die Grüne, vom Nebentisch – die Mollige.

ER *zu unbeteiligt:*
War die grün?

SIE Wo du hingschaut hast, nicht, Ludwig. 's Kleid is erst weiter unten angangen.

ER Geh, Luiserl, also wirklich, was du immer meinst. Ma schaut halt, weil ma Augn hat, net wahr. Und im übrigen bin i gar net so scharf drauf.

SIE Geh? Seit wann bist du so moralisch?

ER Des hat mit Moral nix zu tun. Ich bin eben ein Ästhet. I geh ja selber aa net unnötig in der Badhosn.

SIE Des verlangt ja auch kein Mensch von dir.

ER Des weiß ich schon. Ich red ja auch nur vom Prinzip, net wahr.
Menschen mit moralischen und ästhetischen Prinzipien wie ER haben es doppelt schwer: beim Praktizieren ihrer löblichen Grundsätze und beim Erklären. SIE lockt ihn wieder einmal auf dieses unübersichtliche Gelände, auf dem er schon mehrfach gestolpert und liebevoll von ihr aufgefangen worden ist.

SIE Welches Prinzip meinst 'n da, Ludwig?

ER Daß eben der menschliche Körper net unbedingt attraktiver wird, wenn weniger Gwand drauf is.

SIE Wieso? Findst du, daß mei Kleid zu stark ausgschnitten is?

ER Ach wo. Ich red doch gar net von deinem Kleid. Ich red doch nur von der Körperform.

SIE *gekränkt:*
Und was paßt dir jetzt da wieder net? Meine Zeit – ma wird net jünger, Ludwig!

ER Aber, Mama, du nimmst immer alles gleich persönlich! Davon is doch überhaupt nicht die Rede.

SIE So. Net? Von was dann?

ER Vom Prinzip. Paß auf. Sagn mir: beispielsweise ein Fisch oder so.

SIE Ein Fisch? Wieso ein Fisch?

SIE blickt prüfend an sich herunter, kontrolliert sich im Spiegel und schüttelt den Kopf. Sie kann keine Ähnlichkeit mit einem Fisch an sich entdecken.

ER *erläutert:*
Nur wegam Prinzip, Luiserl, verstehst. Denn ein Fisch hat in sich schon eine derart logische und klare Form – funktionell gewissermaßen – durch die Strömung, durchs Wasser – und so. Ob jetzt der Schuppen hat oder nicht – des macht bei am Fisch vom rein Ästhetischen her gar nix aus.

SIE Ja, des is klar, daß bei am Menschen Schuppen unästhetisch sin.

ER Nein, Luiserl, des mein i doch gar net.

SIE I scho. I kann des net leiden, wenn einer den ganzen Kragen voll hat.

ER Aber Luise! Ich red doch gar net von den Schuppen als solchen ...

SIE *verständnislos:*
Grad hast gsagt ...

ER . . . nur in Bezug auf die Form. Des war doch nur ein Beispiel, daß – also . . . Ein tierischer Körper, verstehst, hat in seiner nahezu idealen Konstruktion schon von der Form her keine Bekleidung nötig.

SIE Ja und? Des verlangt doch auch kein Mensch. Oder solln d' Fisch Badeanzüg tragn?

ER Also, Luise, bitte, bleib sachlich.

SIE Bin i ja. Wer redt denn dauernd von der Bekleidung für d' Fisch? Du doch!

Wieder einmal ist die erste Runde an sie gegangen. Doch hofft er – wie meist – noch dank seines überlegenen Verstandes aufzuholen. Er rafft also seinen Wissensbestand zusammen und führt ihn erneut ins Treffen.

ER Mama, hör zu: Ich spreche von der Körperform als konstruktives Element des leiblichen . . . Dingsda. Und von da her gesehen is eben der Mensch völlig anders.

SIE Wie d' Fisch? Selbstverständlich. Drum versteh i net, warums d' dauernd auf deine Fisch rumreitst.

ER Luise, laß mich bitte ausreden!

SIE Gut. Red aus.

ER Ich mein ja nur: Im Gegensatz zum Fisch is die menschliche Konstruktion viel weniger günstig.

SIE mustert ihn von oben bis unten. ER streicht über seine Haarreste und zieht den Bauch ein.

ER Also wenns d' so schaust, bringst mich draus! – Jedenfalls is der Mensch ja im Prinzip eigentlich ein Vierfüßler, net wahr . . .

SIE Also – was willst dann dauernd mit deine Fisch?

ER Dir sagen, daß der Mensch gegen seine ursprüngliche Konstruktion verstoßen hat, indem er sich aufgerichtet hat! Weil er sich nämlich aus der Waagrechten in die Senkrechte erhoben hat.

SIE Ja und? Des is mir auch nicht neu.

ER I will ja damit nur erklären, daß der Mensch eben dadurch gewisse Schwächen in seiner Konstruktion hat. Die ihn nicht unbedingt verschönern im Lauf der Jahre.

SIE *pikiert:*
Danke!

ER Luiserl! Ich red vom allgemeinen Prinzip der Ästhetik.

SIE Fangst jetzt wieder mit die Schuppen an oder wie?

ER Luise!

SIE *freundlich:*
Naa, wirklich, Ludwig, mit dir kennt ma sich manchmal nicht aus!

ER I mein doch nur, daß ... ah, geh! Jedenfalls ist mir im Prinzip meistens mehr Gwand an die Leut lieber als weniger.

Der Ausgangspunkt ist wieder erreicht. Das harmonische Ende ist nahe.

SIE Drum frag ich dich ja, Ludwig, ob i des anziehn kann heut abend.

ER *ergeben:*
Ja. Selbstverständlich – wenns dir net z' leicht is.

SIE Und – soll i a Schärpen hinmachen oder was?

ER Jaja.

SIE Oder daß i besser an Gürtel weglaß und mehr auf Jugendstil geh, hm?

ER Ja – auch.

SIE Was heißt auch?

ER Du kannst alles tragn, Luiserl. Du gfallst mir immer. Da machst jetzt noch a Schärpe hin – oder den Gürtel weg oder wie und an Hut dazu oder was ... und des übrige sehn mir dann schon – bis am Abend, mir zwei ...

Vierzehnte Szene: Bettgespräche

Der Anblick eines einsamen Menschen in einem ehelichen Doppelbett könnte traurig stimmen. Wenn ER nicht so vollkommen zufrieden im ungestörten Genuß seiner Zeitung darin läge. Denn SIE ist beim Einkaufen. Erst als das Schlüsselklappern an der Wohnungstür ihre Wiederkehr verrät, legt sich der Ausdruck ernsten Leidens auf sein leicht gerötetes Gesicht. Er ist nämlich krank. Er hat den Husten. Eine Tasse Tee auf seinem Nachttischchen verbreitet den dazugehörenden Duft nach heilenden Kräutern.

ER *hustet gräßlich:*
Mama?

SIE *im Gang:*
Ja?

ER *jämmerlich:*
Mama!!!

SIE Ja! Ich bin ja schon da! Komme sofort.

ER Wo steckst denn so lang?

SIE *läuft draußen hin und her:*
Beim Einkaufen und in der Apotheke. Hab i doch gsagt, wie ich weg bin.

ER *munter:*
Hast Semmeln auch mitbracht?

SIE Ja! I bring s' ja gleich! Jetzt laß mi nur noch d' Händ schnell waschen. Und schrei net so jämmerlich – sonst mußt bloß wieder recht husten.

ER Des muß ich so auch.

ER orgelt in gewaltigen Tönen los. Dann legt er Zeitung und Brille beiseite, röchelt noch ein paar Mal kunstvoll und wartet, leidend hingestreckt, auf ihr Erscheinen.

SIE *kommt mit dem Einkaufskorb herein:*
So – da bin i ja schon. Und wie gehts meim Patienten? Ja, wie liegst denn wieder drin in deim Bett!!!

ER Waagrecht.

SIE Nein, Vater, so geht doch des net!

ER Ja freilich – nur so gehts. Oder soll i mi neistelln?

SIE Nein, aber du sollst dei Jacke zuknöpfen und net mit nackter Brust daliegn, wenns d' schon die ganze Nacht hust.

ER In der Nacht hab i s' ja zughabt. Und hab trotzdem ghust.

SIE Drum mußt dich eben jetzt a bißl pflegen! Sonst hättst ja überhaupt net liegn bleibn brauchn.

ER Des wollt i ja auch net. Des wolltst ja du. Und du wolltst mich auch pflegen.

Erklärung nur für alleinstehende Damen – die übrigen wissen sicher schon Bescheid: Männer leiden grundsätzlich nie an leichten Krankheiten. Vielmehr sind sie gerade bei geringen katarrhalischen Infekten äußerst pflegebedürftig. Und zwar auch und gerade dann, wenn sie mit Märtyrermiene jegliche Betreuung ablehnen. Kluge Frauen wie SIE setzen daher alle Kräfte ein, um das teure Leben des Gatten und das eheliche Glück nicht zu gefährden.

SIE *zieht ihm sorglich die Decke hoch:*
Jaja, i pfleg di scho, Papa. Sei nur zufrieden. Aber du mußt scho auch was dazutun. Net dich immer wieder abdecken! Du kannst doch net die kalte Luft direkt an deine Bronchien hinlassen!

ER Direkt kann s' ja sowieso net hin. Da hab i ja no 's Brustbein davor. *Er schiebt die Decke wieder hinunter.*

SIE Geh, des bißl Brustbein deckt doch net die ganzen Bronchien ab!

ER Was heißt da »bißl Brustbein«! Dieses Brustbein hat sich seit meiner Geburt als absolut ausreichend erwiesen. Außerdem hab i ja auch noch Rippen und Dings . . .

SIE *zieht die Decke wieder hinauf:*
Jaja, is scho recht. Bleib lieber schön zugedeckt und erläuter mir net lang deinen Körperbau. Den kenn ich zur Genüge.

ER Was soll jetzt des wieder heißen?

SIE Nix, als daß d' dich warm halten sollst! Tu halt auch d' Arm nei, Vater, und knöpf überhaupt dei Jacken zu! *Sie stopft ihm die Decke fest.*

ER Wie denn? Ich kann s' doch net zuknöpfen, wenn i d' Arm drinhab und d' Jackn is no draußen.

SIE Dann nimm halt deine Jackenflügel mit nei unter d' Decken und laß net alles in der Gegend rumflattern! Schau nur, wies d' dein Bett wieder hergwurschtelt hast!

ER wirft einen waidwunden Blick auf sie. Vergebens, denn SIE sieht ihn nicht. Sie ist voll damit beschäftigt, sein Bettzeug wieder zu ordnen. Er läßt alles, geschwächt wie er ist, über sich ergehen. Und hustet nur.

SIE T-t-t! Jetzt hab i di so schön neigricht ghabt, wie ich fort bin. I möcht nur wissen, wie du des immer machst.

ER Einfach, indem ich mich umdreh.

SIE Ah geh! I dreh mich doch auch um und reiß net jedesmal des ganze Bettzeug mit.

ER Weil du eben a andere Wendetechnik hast.

SIE *am Plumeau zerrend:*
So rüber ghörts doch . . . Was hab ich?

ER A andere Wendetechnik. Du bist ein Springer, und ich bin ein Wälzer.

SIE Was bin ich?

ER Ein Springer. Du springst beim Umdrehn im Schlafen hoch und reißt des Bettzeug senkrecht mit hinauf.

SIE Ah gegegeh!

ER Freilich! Und durch diese fixe Drehung fallt dann des hochgeschleuderte Bett wieder exakt und kompakt auf dich drauf . . .

SIE Was du alles siehst, wenns d' schlafst!

ER Glaub mirs! Ich hingegen bin ein Wälzer. Und das is ein Mensch, der sein Bettzeug im Rollen mit sich zieht. Und dadurch wird gewissermaßen eine tektonische Verlagerung der Gesamtmasse bewirkt, die dann . . .

SIE Jaja – wenns d' mir nur schon wieder was erklärst! Gott sei Dank! Dann kanns so weit net fehlen.

Diese leichtfertige Bemerkung veranlaßt ihn sofort zu einer kunstvollen Hustensymphonie. ER steigert sich dabei mit tiefem Atemholen von pianissimo zu forte, bis er röchelnd in einem Largo endet.

SIE *verständnisvoll:*
Mei o mei, Vater, wies d' es nur wieder so kannst! Komm, bind dir wenigstens des Halstuch um, des i dir vorhin gebn hab. Wo hast es denn wieder hingstopft?

ER *erlöschend:*
Des weiß ich doch net! I hab doch gar keinen Überblick mehr bei dem vielen Bettzeug, des d' mir naufgworfen hast. I muß ja scho froh sein, wenn i mi selber überhaupt noch find! *Er hustet einen letzten Triller.*

SIE Du gehst mir schon net verlorn, Bärle. Einmal husten genügt – und du bist entdeckt. So – und jetzt laß dir wenigstens deine Knöpf zumachen, daß d' warm hast.

SIE beginnt, seine Schlafanzugjacke zurechtzuziehen. ER versinkt genüßlich in seiner Pflegebedürftigkeit und verharrt dabei unbeweglich und mit steifen Armen.

SIE Wo is denn eigentlich da des Knopfloch . . .

ER Nicht den obersten zumachen, Mama! Des is mir z' eng! Du erwürgst mich ja! *Er hustet.*

SIE Und schon hust er mir wieder mitten ins Gsicht nei!

ER Ja, wenn du direkt vor meiner Mundöffnung bist! I kann doch den Luftstrom net zu die Ohrn nausjagen.

SIE Kannst freilich nicht, weils dir sonst as Trommelfell ausbeult. Jetzt sei nur wieder friedlich. Dann kriegst was Feines . . .

ER *mit Blick auf ihren Korb:*
Semmeln – mmm – die riechen gut. Sin die vom Bäcker vorn?

SIE Freilich, i muß dich doch gut ernährn, daß d' wieder wirst . . .

ER Nur net spotten, gell!

SIE Nein, nein – und dann hab i noch an Hustensaft – und was zum Einreiben – des könnt ma eigentlich gleich als erstes machen, weil i di grad so schön da hab . . .

SIE will den Knopf wieder öffnen. ER hält ihn fest. Das Einreiben mag er sowieso nicht. Kitzlig ist er außerdem. Und eigensinnig.

ER Nein! Jetzt nicht! Jetzt hast mich doch grad erst zuknöpft. – Zerst will ich a Semmel. Und da mag i dann an Honig drauf – und bringst mir no an Butter rüber.

SIE Jaja, kriegst alles! Aber dann nimmst wenigstens dazu dein Hustensaft. Hast dein Hustentee schön austrunken inzwischen? – Geh, Papa, du hast ja die Tass' überhaupt net angrührt!

ER Doch!

SIE Ah geh, erzähl mir doch nix! Die is ja noch ganz voll!

ER Ja eben – weil ich s' angrührt hab, die Tass'. Dabei hab i ja dann gspürt, daß der Tee noch viel zu heiß is.

SIE Papa, a Hustentee muß heiß sein – sonst nützt er ja nix.

ER Dann brauch i 'n ja glei nimmer trinken, weil er jetzt scho kalt is.

SIE Geh, Ludwig! Für was brüh ich 'n denn dann auf!

ER Des frag ich mich auch. Du weißt doch, daß i 'n net mag.

SIE Papa, du kannst nicht immer nur husten und nix dagegen tun.

ER Des kann ich schon.

Wieder entfaltet ER eine wahre Hustenorgie als eindeutigen Nachweis seiner ausgefeilten Technik und seiner wirklich ansehnlichen Erkältung.

SIE Mei, Papa! Armer Mensch!

ER *erlöschend:*
Jetzt eß i zerst amal a Honigsemmel. Honig is immer gut.

SIE *energisch:*
Aber erst, wenn du den Hustensaft gnommen hast! Geh, Ludwig, stell dich doch net so an! Bis ma dir a Medizin neibringt! Des is ein Theater! Da impf i ja leichter an Tiger. Sei doch net kindisch!

ER Ich bin nicht kindisch! Ich bin vernünftig. Und jeder Vernünftige weiß, daß ma da vorher erst die Gebrauchsanweisung lesen muß.

SIE Mußt du nicht! Die weiß ich auswendig: 3mal täglich ein bis zwei Eßlöffel.

ER *streng:*
Und zwar wovon?

SIE Vom Hustensaft natürlich! Von was denn sonst.

ER Luise, i muß mi doch erst über die Bestandteile informieren! Und das steht auf dem Beipackzettel. Wo is mei Brille – aha – da!

SIE Bitte, Ludwig, jetzt fang net auch noch 's Lesen an!

ER Ja selbstverständlich! Für was meinst denn, daß der sonst drin is? Du kannst doch net einfach wegschmeißen, was si da ganze Kohorten von Beamte und Chemiker und was weiß i ausdenkt ham. Wo is der Zettel?

SIE Geh, Papa! Des verstehst du ja doch net.

Sein Husten hat sie offenbar schon schwer getroffen. Sonst würde SIE nicht derart leichtfertige Bemerkungen über seine geistige Leistungsfähigkeit riskieren, die ER selbstverständlich widerlegen muß. Er reißt daher die Packung auf. Sie bringt den Hustensaft in Sicherheit.

ER Jetzt wart amal – laß mi erst schaun . . . da ham mirs ja . . . Bestandteile . . . aha . . . noch kleiner ham sies leider nimmer schreibn können. *Er liest.* Bestandteile: »Dropropri« – naa »dro-popri« – naa: »Dropropizin«.

SIE Ja und? Was soll des sein?

ER »Dropropizin ist ein 3–4-Phenyl-piperazin-1-yl-propan-1,2-diol« . . .

SIE Meinetwegen. Ich kanns auch net ändern.

ER Ich auch net. I weiß aa net, was des bedeuten soll. Und Saponin is drin.

SIE Saponin?

ER Saponin – Saponin? Des muß irgendwas mit Seife z' tun ham, wenn mi mei alter Lateinfünfer net ganz trügt.

SIE *überlegt:*
Doch! Sapo – die Seife – des weiß i no vom Wörterlernen mitm Maxl. – Aber . . . Saponin, des is doch ein Hustenlöser.

ER Mit Seife?

SIE Verwandt halt – irgendwie – chemisch oder was. Des hab i scho bei manche Hustensäfte glesn. Geh, nimm an halt!

SIE will den Verschluß der Flasche öffnen. ER hält ihre Hand fest.

ER Moment, Mama! Langsam!

SIE Geh, Papa! Stell di doch net so an! Du wirst sehn, der hilft! Bestimmt! Des lockert recht.

ER Ja – fragt sie nur, wo. I soll 'n ja essen und net inhaliern.

SIE Ach, der wird schon hinkommen, wo er hin muß.

ER Aber ob der Saft des weiß? Du, bei meinem Husten kann i mir net auch noch a innere Seifenrutschbahn anlegen – des is mir zu riskant!

SIE Bitte, Ludwig! Sei doch net albern!

ER Luiserl, man kann nicht vorsichtig genug sein in so einem Fall.

SIE Ich bitt dich, Papa, du mußt doch was tun!

ER Mach i ja. Jetzt wenns d' a bißl weggehst, dann kann ich aus meim Bett raus . . .

ER schlägt energisch die Bettdecke zurück, angelt nach seinen Hausschuhen und ist ganz offensichtlich – wenn auch noch hustend und überraschend für SIE – dem Leben wiedergeschenkt.

SIE Geh, Ludwig . . . was soll denn des?

ER Des wirst gleich sehn. Jetzt eß ich die Honigsemmel – oder zwei – und an anständigen Kaffee dazu. Und dann darfst mich einreiben . . .

SIE Und den Hustensaft?

ER Eins nach dem andern. Wies weitergeht – des sehn mir dann schon, mir zwei . . .

Fünfzehnte Szene: Vor Ostern

Männer wie ER kennen aus dem früheren Deutschunterricht das klassische Zitat: »Das Ewig-Weibliche zieht uns hinan.« Sind sie – wie er – von einer liebevollen Mutter erzogen, glauben sie das sogar. Und halten Frauen für den besseren Teil der Menschheit. Im Prinzip jedenfalls. SIE wiederum sieht in ihm den besten Teil der anderen Hälfte. Und übersieht – ebenfalls im Prinzip – seine Fehler. Heute ist das allerdings nicht möglich. Denn sie hat gerade ihre Vorratsdose mit Ostereiern geöffnet und blickt in eine gähnende Leere.

SIE Vater . . .

ER Ja?

SIE Sag amal, hast du da Eier rausgessen?

ER *sehr unschuldig:*
Ich? Eier?

SIE Ja, du!

ER I mag doch keine Eier. Des weißt doch.

SIE I mein ja Ostereier. Aus Schoklad. Da schau her, da is ja fast nix mehr drin.

SIE hält ihm die große Dose entgegen. Zwischen einem Bodensatz von Dragee- und Geleeiern, die ER nicht mag, liegen nur noch ein paar einsame Schokoladeneier.

ER *mit einem verlorenen Blick in die Tiefe:*
So? Ja? Wie des?

SIE *empört:*
Also weißt, Vater! Da fehlt ja mehr als die Hälfte!

ER Wieso? Hast es du zählt ghabt?

SIE Nein, aber des kenn ich doch! Die war ja ganz voll. Und jetzt schaut scho bald der Boden durch. Oder is mir da am End d' Stutzi drüberkommen?

ER Die Kloane?

SIE Ja, daß die nascht? Hat die des g'erbt von dir?

ER Ah wo, die nimmt doch nix. Ausgeschlossen Mama!

SIE Also warst es nur du! Wer hätts denn auch sonst gnommen?

ER Mei, kann scho sein, daß i so in Gedanken – amal was rausgnommen hab.

SIE *schmunzelt:*
Ah geh, i hab gar net gwußt, daß du so viel Gedanken hast.

ER Ja, weil i s' eben net jedesmal glei aussprech . . .

SIE Aber jedesmal neilangen – des scho, was? Also weißt, Ludwig! Du bist doch ein fürchterlicher Schlecker! Wirst denn du nie gscheit?

ER Doch. Eben.

SIE Was heißt da »eben«?

ER Daß i eben durch gründliches Nachdenken draufkommen bin, daß mich nichts so sehr reut wie die Untugenden, die i net ghabt hab.

SIE Da hast aber net sehr viel zum bereun, kommt mir vor, hm?

SIE schaut ihn prüfend aus den Augenwinkeln an. ER scheint sein ganzes Interesse der Dose und ihrem bescheidenen Inhalt zu widmen und entnimmt ihr mit spitzen Fingern noch ein Nougatei. Sie schüttelt den Kopf.

ER *schleckt:*
Mm – fein – magst aa probiern, Luiserl?

SIE Nein, danke.

ER Siehgst – des zum Beispiel hab i früher nicht getan.

SIE Was?

ER Gschleckt.

SIE Ja freili net, weils d' dafür graucht hast.

ER Naa, i mein ja noch früher. Wie i no a Bua war. Mei – was ham denn mir da scho zum Schlecken kriegt damals: a kloans Nesterl am Ostersonntag und a Tafel Schoklad zum Geburtstag. Oder wars bei dir daheim vielleicht anders?

SIE Nanaa, freili net. Mir warn sehr knapp ghalten. Und wahrscheinlich net nur mir. Warn ja aa schlechte Zeiten damals.

ER No also! Und daß sich unser Mutter Ostereiervorräte herglegt hätt – des wär ihr doch net im Traum eingfalln.

SIE Im Wachen scho glei gar net, was? Die wird dich scho kennt ham, oder?

ER *schmunzelt:*
Des . . . allerdings! D' Mama . . . d' Mama . . . mei!

ER will, versunken in seine Erinnerungen, noch einmal in die Dose greifen. SIE klappt energisch den Deckel zu und hält die Hand drauf.

SIE Schluß jetzt! Die paar Schokladeneier laßt mir noch drin – alter Kindskopf! Mit was will ich denn sonst an Ostern d' Nesterl füllen?

ER Kauf halt no a paar, Mama. Daß jeds was kriegt.

SIE Fragt si nur, was *ich* no krieg! Die bessern Sorten sin doch jetzt scho weg. Weil d' Ostereier ja aa scho glei nach Weihnachten in Handel kommen.

ER Des is aber nicht meine Schuld, Mama. Des is eben des Typische an unserer Zeit.

SIE Was?

ER Daß mir nix derwarten können. D' Ostereier ess' ma im Fasching, der Fasching geht vor Weihnachten o, 's Nikolaussach gibts glei nach 'm Oktoberfest – und des is ja aa scho im September. Also: Mir leben immer auf Vorgriff.

SIE Wie Beispiel zeigt! Schau nei in mei Schachtel!

ER Des is wieder ganz was anders, Mama.

SIE Weils d' es du machst, gell!

ER Nein, weil da ein grundsätzlich anderes Prinzip reinspielt. Nämlich das von Angebot und Nachfrage.

SIE Also, ich kann mich nicht erinnern, Ludwig, daß ich dir die Eier angeboten hätt!

ER Laß doch des Persönliche ausm Spiel, Luiserl. Ich will dir doch nur das Prinzip erklären . . .

SIE . . . demzufolge du dich über meine Vorräte hermachst? Des interessiert mi scho lang.

SIE deutet mit dem ihr eigenen Zartgefühl an, daß sie längst auch das unaufhaltsame Hinschwinden von Nikolauslebkuchen, Weihnachtsplätzchen, Pralinen, ja sogar von Gummibärchen bemerkt hat – ganz abgesehen von den halben, weichgebogenen Schokoladentafeln, die sie zuweilen in seinen Taschen findet.

ER *rettet sich wieder einmal in Lehrhaftigkeit:*
Luise, du mußt des von höherer Warte aus sehen. Nämlich vom Prinzip von Angebot und Nachfrage. Angenommen, es wären zum Beispiel für Ostereier plötzlich keine Abnehmer mehr da. Was wäre dann?

SIE Dann wärn meine Eier no drin.

ER Luise! I red doch von den Ostereiern als Ganzes . . .

SIE . . . wo bloß mehr die Hälfte da is!

ER *energisch:*
. . . als Ganzes – als Wirtschaftsdingsda – als Produktgruppe gewissermaßen. Stell dir vor, was passiern tät, wenn die Bundesbürger – sagn mir – von einem gewissen Tag Null an beschließen täten: Wir essen keine Ostereier mehr. Was wär dann?

SIE Des gleiche, was jetzt auch is nach Ostern. Wenn nämlich kein Mensch mehr Ostereier kauft, dann kriegst es um die Hälfte.

ER Nein, Luise, i mein doch: wenn die Konsumenten die Abnahme von Ostereiern grundsätzlich verweigern täten.

SIE Na tät vielleicht des wiederkommen, was unser alter Konditor immer gsagt hat. Erinnerst dich noch an den, der des kloane Ladl ghabt hat vorn, da wo jetzt die Boutique drin is?

ER Ach, der! Mei. Is der net scho lang gstorbn?

SIE Kann sein. Der hat jedenfalls immer gsagt: Essen d' Leut an Schoklad net als Ostereier, dann essens 'n als Maikäfer; essens 'n net als Maikäfer, essens 'n als Junikäfer. Und was dann no bleibt, werd in Nikoläus umgossen. Gessen werds auf jeden Fall.

ER Mama, des is ein unpassendes Beispiel! Ostereier werden doch heutzutage industriell gefertigt! Kein Mensch macht doch mehr so handgstrickte Eier!

SIE Freilich! Die Trüffeleier! Des kennt ma deutlich. Wart amal – eins is, glaub i, no drin.

SIE öffnet die Dose. ER grabscht mit sicherer Hand das Beweisobjekt heraus. Seine Fixigkeit beweist sein jahrelanges Training.

SIE Ludwig! Hör doch auf!

ER *kaut:*
Ja – gleich. Was wollt i jetzt sagn? Ja – eben daß a Haufen Leut dranhängt an dene Süßwaren – von unsere Zuckerrübenbauern ogfangen

bis zu die afrikanischen Kakaofarmer und die Einwickelpapierlproduzenten und was net no alls. Was meinst, was da los wär, wenn weniger gschleckt werat!

SIE Da hätten d' Kinder weniger Löcher in die Zähn. Und d' Krankenkassen müßten weniger zahln. Beim Zahnarzt müßt ma nimmer so lang warten . . . Übrigens: Da derfst fei aa wieder amal gehn, Papa!

ER Luise, bleib bei der Sache!

SIE Bin i ja. Weil ich dich nämlich kenn! In dem Punkt bist du ausgesprochen feig!

Wieder zieht SIE ihn von der Höhe prinzipieller Erwägungen in die Niederungen irdischer Praxis. ER leistet – noch dazu in diesem besonderen Fall – heldenhaften Widerstand und versucht um so nachdrücklicher, das reine Prinzip darzulegen.

ER Luise, bitte, unterbrich mich nicht schon wieder! Sondern laß mich meinen Gedankengang zu Ende führen. Nämlich: Wir können uns Sparsamkeit im früheren Sinn heut einfach nimmer leisten. Die wirtschaftliche Vernunft erfordert . . .

SIE . . . daß du Ostereier ißt? Geh, Ludwig!

ER Jawohl! Unter anderm! Was meinst, was sonst Arbeitsplätze draufgehn täten! Und des, wo a Arbeitsloser heut im Jahr scho 30000 Mark oder was kost. Der Mann muß doch beschäftigt wern!

SIE Aber doch net allein von dir, Ludwig! Oder willst du um 30000 Mark Ostereier essen?

ER *streng:*
Weißt du, daß du mich manchmal nervös machst, Luise? Weil du einfach nicht sachlich bleiben kannst!

SIE I bin doch völlig sachlich, Ludwig. Denn wenn i des nicht wär, dann müßt i mi jetzt wirklich ärgern. Weil du nämlich obndrein genau weißt, daß dir des viele Schlecken gar net guttut. Schau dein Hosnknopf an: den hast aa scho wieder auf!

ER Es is zum Verzweifeln!!!

SIE Verzweifeln brauchst jetzt deswegn no lang net, Vater. Des bring mir scho wieder weg. Des sin ja nach meiner Schätzung höchstens drei, vier Pfund mehr, als d' sonst hast . . .

ER *gequält:*
Luise! Nein!!

SIE *ruhig:*
Doch, doch! Mehr sins kaum. Noja, jetzt kommt ja sowieso d' Karwoch. Da ess' mir dann eben weniger – viel Grüns, an Salat . . .

ER verdreht theatralisch verzweifelt die Augen. Ihre vorösterlichen Abspeckungsversuche erleidet er ebenso regelmäßig wie vergebens. Soweit er sie nicht schon während der Durchführung durch heimliche Leberkäs-Brotzeiten boykottiert, hat er spätestens nach den Feiertagsmahlzeiten sein gewohntes Übergewicht wieder.

ER Fangt s' scho wieder mit ihrem Grünfutter an! Du kannst mi ja glei wie an Hasen zum Grasen in Englischen Garten treiben!

SIE Wobei dir a bißl Bewegung gar net schaden tät. Da muß i dir recht geben. Weißt was, Ludwig . . .

ER Nein! I weiß gar nix!

SIE Aber ich! Du könntest doch zum Beispiel jetzt gleich a bißl fortgehn. Weißt, daß d' die Läden in der Gegend abklapperst, obs d' noch gscheite Eier findst.

ER Ich?

SIE Freilich! Du bist doch unser Spezialist für Süßwaren. Nimmst einfach des, was du selber gern ißt. Dann ham mir wirklich was Guts zum Herschenken an Ostern, mir zwei . . .

ER & SIE

Sechzehnte Szene: Grant

Der Grant ist, dem Wort entsprechend, eine bayerische und obendrein männliche Spezialität. Einen Grantler lediglich als verdrießlichen oder mürrischen Menschen zu bezeichnen, hieße ihn verkennen. Der Grantler ist vielmehr ein Künstler, der sein ganzes Leben der Entfaltung seines angeborenen Talents weiht. Frauen können daher im Granteln – ebenso wie in anderen typisch männlichen Höchstleistungsarten wie zum Beispiel dem Dirigieren, Gewichtheben, Philosophieren und ähnlichem – niemals auch nur eine annähernde Vollkommenheit erreichen. Aufgabe der Ehefrau ist es vielmehr, den Grantler in seinem künstlerischen Werdegang zu unterstützen. ER kann, behindert durch seinen Beruf, ohnehin nur selten – unter anderem heute – das Granteln trainieren.

SIE Vater . . .

ER Ja?

SIE *freundlich:*
Was is jetzt mit deim Kaffee?

ER *mit verhangener Miene:*
Mit welchem Kaffee?

SIE Mit dem, dens d' immer noch in der Tass' hast.

ER *verächtlich:*
Der? Der is kalt.

SIE Des kann ich mir denken – wenns d' schon a Stund davorsitzt. Da hätt ich ja d' Tass' gleich vorher wegnehmen können.

ER Vorher nicht. Weil er da noch warm war.

SIE Und warum hast 'n dann net getrunken?

ER Weil er kalt war, wie ich 'n trinken wollt.

SIE *seufzt:*
Mei. Heut kannst es wieder ... Tun mir 'n weg ...

SIE will ihm die Tasse und damit den Aufhänger für seinen Grant nehmen – ein schwerer Fehler bei der Behandlung eines Grantlers. Ein Grantler braucht – ähnlich wie ein Geigenkünstler – sein Instrument.

ER *zieht die Tasse energisch zu sich her:*
Halt! Reiß mir doch net gleich alles weg!

SIE Ja – wieso? Ich denk, du willst den Kaffee nimmer.

ER Ganz kalt nicht – weil ich da Sodbrennen krieg drauf. Wenn man a bißl wärmen könnt ...

SIE Aufwärmen? Des Tröpferl? Geh! Dann nimm halt gleich den Rest, der noch in der Kaffeemaschin drin is. Der is no warm.

ER Aber in der Tass' hab i ja schon drei Stückl Zucker drin.

SIE *mild:*
Ja. Die kann ich dir leider nicht rausfischen.

ER *eigensinnig:*
Aber mittrinken könnt i 'n – wenns d' mir 'n wärmen tätst.

SIE Geh, Ludwig! Seit wann magst du an aufgwärmten Kaffee?

ER I mag 'n ja net. Aber ich trink 'n. Weil ich sparsam bin ...

SIE Ja! Und grantig.

ER quittiert mit Verstummen ihren zweiten Fehler. Einem Grantler zu sagen, daß er grantig ist, nimmt ihm die Freude beim Training und schließt die Gefahr ein, daß aus dem künstlerischen Granteln ein ganz gewöhnlicher Verdruß erwächst.

SIE *versucht einzulenken:*
Was hast denn heut dauernd, Papa? Bist mitm linken Fuß aufgstanden?

ER Das weiß ich nicht. Ich kann nicht auch noch meine Fußhaltung überprüfen, wenn i überhaupt kaum ausm Bett find vor lauter Übernächtigkeit. Des war ja heut nacht wieder ein Theater mit dem Hund von der Koflerin! I hab kein Aug zugmacht, so hat der wieder bellt!

SIE Dann mußt mit offne Augn gschnarcht ham.

ER Hab i gschnarcht?

SIE No – und net wenig!

ER Da bin ich eben gelegentlich – in den Bellpausen – in einen unruhigen Schlaf verfallen. Wahrscheinlich bin ich da völlig verkrampft. Und durch die Verspannung im Kiefer und so, da flattert dann mein Gaumensegel. *Giftig:* Da mußt gar net lachen, wenn ich was erklär. Es is so.

SIE hat Fehler Nummer drei begangen, nämlich den Grantler durch unangebrachte Heiterkeit zu irritieren. Er will, wie jeder Künstler, ernstgenommen werden.

SIE *ergeben:*
Gut, von mir aus laßt deine Segel flattern, wies d' willst. Des kenn i ja seit 30 Jahr. I brauch dich ja bloß anstupfen, dann drehst dich um und aus is . . .

ER . . . mit dem Rest von meinem Schlaf! Jawohl! Weils mich da jedesmal reißt. Is ja kein Wunder, daß ma dann in der Früh völlig erledigt is.

SIE *lieb:*
Warum bist denn dann aufgstanden, Papa? Wärst halt liegen blieben, wenns d' scho net ins Gschäft mußt. Es treibt dich doch niemand raus.

ER Was heißt treiben . . . wenns du im Bad scho gurgelst.

SIE Wo soll i denn sonst gurgeln? I kann net im Nachthemd in Keller gehn, damits d' es net hörst.

ER Luise, es handelt sich nicht um den Ort des Gurgelns, sondern um die Tatsache.

SIE Wieso? Derf i nimmer gurgeln? Seit wann stört dich des?

ER *akzentuiert:*
Ich hab nicht gesagt, du darfst nicht – und ich hab nicht gesagt, es stört mich. Ich stelle lediglich fest: die Tatsache, daß du gurgelst . . .

SIE . . . macht dich heut schon grantig. O mei!

SIE steht auf und will weggehen: wieder ein Fehler! Denn ER ist mitten in der Komposition eines dramatisch sich steigernden Grants, die er nur mit ihrer Hilfe vollenden kann.

ER Nein, Luise! So hör doch zu! Ich sag doch lediglich: Die Tatsache, daß du gurgelst, ist für mich ein Zeichen, daß der Tag beginnt. Und da steh ich auf. Da is aus mitm Schlafen.

SIE *lässig:*
Seit wann? I gurgel doch auf d' Nacht auch. Und da falln dir schon zehn Minuten später d' Augn zu. Regelmäßig.

ER *beleidigt:*
Was heißt hier regelmäßig? Soll des a gewisse Andeutung sein?

SIE *kühl:*
Nein. Des is bloß die Feststellung einer Tatsache.

ER Weil ich auf d' Nacht eben müd bin.

SIE Und beim Tag auch – wie Beispiel zeigt. Naa, wirklich, Ludwig – hörn mir auf damit. Denn wenn mir no lang so weitermachen, dann wer ich auch grantig.

ER stutzt. Zwar weiß er, daß SIE als Frau keines echten Grants fähig ist. Jeden ihrer Versuche erkennt er sofort als Plagiat und als ganz gewöhnliche schlechte Laune. Doch gerade die fürchtet er. Ein lautes Bellen auf der Straße erlaubt ihm den Rückzug auf seinen ursprünglichen Grantauslöser.

ER Und wer is schuld? Da bitte – hörst es: Nur die Koflerin mit ihrem

Hund. Muß der Kerl sechsmal in der Nacht bellen, ha? Des is einfach unmenschlich!

SIE Mei – er is eben a Hund. Und wenn er nunter muß, dann schafft er sich halt Luft. Du kannst net erwarten, daß der Hund dabei singt.

ER *läuft zu großer Form auf:*
Nein – aber ich kann erwarten, daß die Koflerin den Hund wie einen Hund behandelt! Und net wie an Bettvorleger. Der Hund ist ein Lauftier – der braucht Bewegung – und zwar tagsüber! Dann gibt er in der Nacht aa a Ruh . . .

SIE *besänftigend:*
Jajaja – du hast ja recht . . .

ER Des derfst ihr ruhig amal sagn. Und daß er net immer vors Haus hinmachen soll. Jedesmal tritt i nei!

SIE Dann schau halt a bißl, wos d' hintrittst – wenns d' es scho weißt!

ER Wissen! Sie muß wissen, daß der Hund a) in den Rinnstein gehen muß . . .

SIE Wo er z'sammgfahrn wird . . .

ER Laut Polizeiverordnung muß er das!

SIE Z'sammgfahrn wern? Geh!

ER Nein – hinuntergehn. Und andernfalls könnt s' wenigstens b) seine Hinterlassenschaften wegräumen.

SIE Daß 's Fraule mitm Schauferl hinterdreinrennt?

ER Warum net? In viele Städte müssen sies scho machen. Und es geht.

SIE Jaja. Schon. Freilich. Jetzt sei nur z'frieden.

ER atmet tief durch. Trotz oder vielleicht auch wegen ihrer Fehler hat sich sein Grant blühend entfaltet, entwickelt, zu einem fulminanten Höhepunkt gesteigert und schwindet nun mit einem letzten Grollen.

ER Weils aa wahr is.

SIE Noja – vielleicht wirds allmählich besser.

ER Mit was?

SIE Ach, mit der leidigen Häuferlgschicht. Bei uns ham s' ja jetzt auch scho diese Dingsda aufgstellt.

ER Welche Dingsda?

SIE Noja – diese Apparate – diese Automaten – wie heißen s' denn gleich wieder – »dog-parat« – ja – so wars. Da kann ma für a Zwanzgerl so a Schaufeltüten oder Tütenschäuferl oder was des is, rauswerfen. Zum Aufsammeln von dem Zeug.

ER So? Und warum tut s' des nicht, die Frau Kofler?

SIE Du kannst doch nicht verlangen, daß jedsmal zerst nach Schwabing oder wo hinfahrt, wo so a »dog-parat« steht. Wegen *einer* Tüten!

ER Sie kann ja gleich zwei mitnehmen. Oder mehrere.

SIE Des wird s' dann schon – wenns amal mehr solche Apparate gibt. Die wern ja erst im Lauf der Zeit eingführt.

ER schaut sinnend dem Hund nach, der sich drunten von Haustür zu Haustür geschmäcklerisch und beinchenhebend vorwärtsschnüffelt. Die Koflerin verweilt dabei in stiller Betrachtung.

ER *mit einem Seitenblick auf sie:*
Und du meinst, daß des wirklich was nützt?

SIE Ja – warum net? Zehntausend Tüten sollen s' ja scho verkauft ham.

ER Pro Hund?

SIE Nein. Zehntausend bei zehn Apparaten – in einem Jahr. Tausend pro Apparat.

ER Moment . . . tausend Tüten im Jahr – geteilt durch 365 Tag. Des is . . . 1 000 : 365 . . . sagn mir rund . . . des sin ja bloß drei Hund pro Apparat. Da bräucht ma ja dann für München – wieviel Hund ham mir – 50 000 – 60 000 oder was – geteilt durch drei – wärn 20 000 Apparate.

SIE Geh, Ludwig, was du heut wieder z'sammrechnest! So viel müssens doch net sein! Die Apparate wern sicher viel intensiver genützt, wenn d' Leut amal dran gwöhnt sin.

ER Und wenn s' alle vorher Englisch lernen. Denn wer weiß denn scho, was »dog-parat« heißt. Du vielleicht?

SIE *überlegt:*
Noja – also – »dog« heißt Hund – und »parat« heißt bereit – also Hund-bereit – Hunde-Bereitschaft – Hunde-Bereitschaftsdienst – oder irgend so was.

ER Siehst es, so gehts schon an. Net amal übersetzen kann mas, weil so was nicht durchdacht is! Da muß ma sich nicht wundern!

Sein Blick hängt gebannt an dem Hund, der jetzt mit der sorgfältigen Auswahl eines geeigneten Plätzchens beschäftigt ist.

SIE Sei tuts was! Weil s' dich wieder amal net gfragt ham – vorher.

ER Nein! Sondern, weil du von einem Einheimischen nicht verlangen kannst, daß er »dog« sagt, wenn er »Hund« meint. Der kennt allenfalls den Ausdruck: Dockn . . .

SIE Und? Doggen sin ja Hunde.

ER I mein ja die Bayerische »Dockn« – und des heißt Puppe.

SIE Des schreibt ma aber doch mit ck – oder?

ER Schon. Aber du kannst von einem Hundebesitzer nicht erwarten, daß er erst die Feinheiten der Rechtschreibung studiert und an Duden wegen der Orthographie durchblättert, während der Hund scho dasitzt und dringend . . . Schau dir des an!

ER deutet empört auf den Hund, der die letzten Vorbereitungen für seine Bemühungen trifft – und zwar mitten auf dem Gehsteig. SIE wendet sich angewidert ab. Es mag zwar unglaublich scheinen, daß selbst die Hundeliebe von Münchnern ihre Grenzen hat. Aber hier sind sie.

SIE Bitte, Ludwig, geh vom Fenster weg! Und hör jetzt mit dem Thema absolut und sofort auf! Sonst verdirbst mir noch den ganzen Tag mit deine endlosen Hundswürschterl!

ER Aber Luise! Von der Tatsache als solcher red i doch scho lang nimmer.

Ich bin doch schon längst bei geistigen, bei sprachlichen Problemen. Die Frage is ja doch: Muß denn alles Englisch sein – auch wo es gar net braucht? Hätten s' da net – Hundehygiene – hinschreiben können oder Zamperldienst oder was weiß ich . . .

SIE Siehst es, du weißt es eben auch net. Und ich weiß immer noch net, ob du jetzt an Kaffee willst. Und wenn ja, welchen. Jetzt komm, geh her da, sag halt, was d' willst, Papa. Und sei wieder friedlich.

ER *geruhsam:*
Bin i doch. Warum regst dich denn auf? Ma wird sich doch noch unterhalten dürfen – wenn ma scho daheim is – am Samstag.

SIE *lieb:*
Gut – unterhalt dich, dann is mir alles recht. Und welchen Kaffee willst jetzt?

ER Den warmen – von der Maschin.

SIE Des Tröpferl? Des hat jetzt überhaupt kein Aroma mehr. Möchst net lieber an frischen?

ER *gelöst:*
Ja, wenns d' meinst, Mama. Ganz, wies du willst. Machst an frischen – dann trink mir mitnand no ein, mir zwei . . .

Siebzehnte Szene: Vor dem Muttertag

Der Muttertag ist eine Veranstaltung zugunsten der Mütter. Dies sei jenen tapferen Frauen zum Trost festgestellt, die am zweiten Sonntag im Mai dank ihres Daseins den Umsatz der Blumen-, Parfüm-, Seifen-, Torten-, Strumpf- und Haushaltsartikelhersteller steigern, obendrein die gratulierende Familie bekochen und abends bedankt und ermattet zugleich den Festtag beenden. ER hält, obwohl die Kinder längst aus dem Haus sind, diesen Brauch hoch. SIE ist allerdings beim Saubermachen noch gar nicht festtäglich gestimmt. Ganz im Gegenteil.

SIE *ruft aus dem Bad:*
Vater?

ER Ja?

SIE Wo bist 'n du?

ER *gedehnt:*
Da-a!

SIE Wo is da-a! – Wenn er nur einmal sagen tät, wo er is!

ER *deutlich:*
Da is hier – am Gang heraußen!

SIE Warum denn net gleich! Immer muß ma dreimal fragn. Du, sag amal, Ludwig . . .

SIE eilt herbei und stolpert im Gang sofort über seine Hausschuhe, die er eben ausgezogen hat.

SIE *gereizt:*
Ja Herrschaftseiten, warum stellst denn dein Glump wieder mitten in Weg!

ER *unschuldig:*
Bist drübergfalln?

SIE No freilich. Tu s' halt dann weg, wennst es schon ausziehst!

ER Wollt i doch. I bin doch im Moment erst rausgschlupft. Des kann ich doch net ahnen, daß du plötzlich ausm Bad rausrumpelst!

SIE Du brauchst überhaupt nichts ahnen, wenns d' deine Sachen immer gleich aufräumst. Und d' Schuh ghörn eben ins Schuhkastl!

SIE packt energisch die Schuhe und zerrt an der Schiebetür. Ihr zorniger Eifer und ein gewisses Klirren in ihrer Stimme mahnt ihn zu besonderer Vorsicht.

ER *besänftigend:*
Ja – i tu s' ja nei. Jetzt laß mi nur machen. Da mußt doch net du schon wieder rumreißen!

SIE *verbissen:*
Wenns Türl wieder net aufgeht! Schau dir des an!

ER *betont gelassen:*
Mit Reißen bringst es nicht auf, Luise! Laß halt mich hin. Da wird sich halt wieder was spreizen an der Schiebetür.

SIE *fingert drin herum:*
Natürlich! Und was is? Deine braunen Schuh! Weil s' wieder amal schief drinstehen. Muß denn des sein?

ER Ja. Weil s' nämlich schief besser Platz habn.

SIE Geh, des siehst doch, daß dann hängen bleibn.

ER Aber wenn i s' grad neistell, gehts ja überhaupt nicht zu, die Tür.

SIE Ah freilich.

ER Nein, Luise. Eben nicht! Weil die Schuhe zu lang sin.

SIE Nicht, wenns d' es ordentlich hinterschiebst. Bitte, so ghört des!

SIE versucht, ihm die nach ihrer Meinung einzig richtige Art der Schuhaufbewahrung zu zeigen. ER schiebt sie beiseite.

ER Nein, Mama! Laß dirs doch amal von mir zeigen. Schau, indem ich die Schuhe schräg stelle – nämlich so – benütze ich gewissermaßen die Hypotenuse eines rechtwinkligen Dreiecks, die ...

SIE Bitte, Ludwig, stell s' ordentlich nei, dann brauchst keine Hypotenuse!

ER Luise, laß dir doch erklären: des is doch geometrisch vollkommen klar ...

SIE Ja! Aber praktisch bleiben s' hängen! Des hast doch gsehn!

ER Aber nicht wegen meiner Schrägstellung. Denn schau: die Hypotenuse is ja immer die längste Strecke in einem rechtwinkligen Dreieck ...

SIE Geh, wo is da a Dreieck? Des Kastl is doch viereckat!

ER *streng:*
Luise, du weißt genau, was ich meine. Wenn die Vorderkante des Brettes der Schenkel a an einem rechtwinkligen Dreieck is und die Tiefe des Brettes der Schenkel b, dann is die Hypotenuse c ...

SIE ... genau des, was mir heut noch zum Wahnsinn fehlt!

ER Was hast denn? Warum bist denn so gereizt?

SIE reißt ihm die Schuhe aus der Hand, stopft sie endgültig und ganz gerade in das Regal und schmettert die Tür zu. ER steht fassungslos vor ihrem ungewohnten Temperamentsausbruch.

SIE Wirklich, Vater, manchmal kannst mi scho verrückt machen, wenns d' immer alles liegen und stehn laßt ...

ER Immer – alles . . .

SIE Jawohl! 's Bad schaut wieder aus wie nach der Zerstörung von Jerusalem! Bloß net aufräumen! Wo is denn dein zweiter Sockn?

ER *verwirrt:*
Am Fuß.

SIE Ach, i mein doch den von gestern! Der eine flackt unterm Waschbecken, der andere fehlt! Wo wirfst denn immer alles rum? 's Hemd liegt auch wieder unaufgeknöpft drin! Hundertmal hab i dir scho gsagt, daß d' dabei alle Knöpf ausreißt. Ja, muß denn des sein?

ER *giftig:*
Nein.

SIE holt Luft. ER benutzt die Pause zum Aufbau einer tiefgekränkten Miene. Das gelingt ihm nach langjähriger Übung verständlicherweise höchst überzeugend.

SIE Und dann gleich beleidigt sein, wann ma *ein*mal was sagt!

ER Grad hast gsagt, du hast es schon hundertmal gsagt.

SIE *resigniert:*
Und was hats gholfen? Dreißig Jahr lang schleuderst du dein Zeug hinter dich, als wärst beim Tontaubenschießen.

ER Tontauben wern nach vorn gschleudert. Und net nach hinten.

SIE Ja, du weißt auf alles a Antwort. Bloß net auf des, wo dein zweiter Sockn is. Ich kann wieder überall rumkriechen. Wirklich, Vater – des is kein Vergnügen. Am Waschbecken hab i mir schon an Kopf angstoßen, daß grad so gscheppert hat. Is ja kein Wunder, wenn ma dann . . .

ER *besorgt:*
Wo hast dich gstoßn? Wie, laß schaun . . .

SIE Wo scho – obn halt . . .

ER zieht sie an sich und teilt vorsichtig ihre Haarsträhnen. SIE hält sich ganz still. Und spürt ihren Ärger schon schwinden.

ER I sehs scho – da is!

SIE *zuckt:*
Ah, net, lang net hin . . .

ER Ja, pfeilgrad. Da blutst ja sogar a bißl, Mama.

SIE Kunststück. Wenn ich mi voll auf d' Kanten gschlagn hab . . .

ER Da mußt an nassen Waschlappen drauftun, Luiserl! Sonst kriegst ja an Riesenbinkel. Des mußt kühlen!

SIE Ja freilich! Sonst nix mehr! Daß mir d' Haar auch noch aufgehn.

ER Na nehma mir a Messer! A kalts Messer drauflegen! Des is gut! Bestimmt! Des hat mei Mama bei mir aa allweil gmacht. Da geht der Binkel z'rück. Komm mit! Des mach mir glei.

ER zieht sie hinter sich drein in die Küche. SIE wehrt sich nur schwach.

SIE Geh, Ludwig, des brauchts doch net.

ER *eifrig:*
Doch, doch, wenn i dir sag, Luiserl, des hilft! *Er zieht ihr einen Stuhl her.* Setz di nur her da. Und i halt dir 's Messer drauf. Nehmen mir glei des breite, des Fleischmesser. Wo isn des?

SIE Bei die Messer halt. Aber stich mir net d' Augn aus.

ER Naa! Du mußt di nur staad halten. Aha – da ham mirs scho. Jetzt tu dein Kopf her . . .

ER drückt mit großer Vorsicht und Zartheit die Breitseite des Messers auf die kleine Wunde. SIE lehnt sich ruhig an ihn. Das eheliche Gewitter ist vorüber.

ER Gell, des tut gut, Mama?

SIE Mhm. Aber druck net so fest.

ER *wichtig:*
Des muß ma, daß der Binkel wieder neigeht. Wirds jetzt scho besser?

SIE Ja. I glaub, des reicht jetzt scho.

ER Nein – des muß ma länger machen. Jetzt bleibst amal sitzen und gibst a Weil a Ruh. Is dir schwindlig aa?

SIE Ah wo – es geht scho wieder. Laß mi nur fertig machen drüben. Damit amal a End hergeht. Weißt denn net, wo dein zweiter Sockn is?

ER Doch.

SIE Wo?

ER Im Abfalleimer.

SIE Wieso?

ER Weil i 'n weggworfen hab.

SIE Nur den einen?

ER Ja. Weil der andere noch gut is. Vielleicht kannst 'n zum Putzen brauchen. I will nur das Paar net immer wieder kriegn. Weil der andere so blöd gstopft war.

SIE Danke!

ER *sofort einlenkend:*
Nein, Mama, i sag doch gar nix. Gstopft war er ja sehr schön. Nur, du weißt doch: ich hab doch den eingwachsenen Nagel. Und in dene Schuh drucken mich ja sogar die neuen Sockn.

SIE wirft einen Blick nach unten auf seine glanzpolierten neuen Schuhe. Und merkt erst jetzt: Er hat ja auch schon die Hausjacke ausgezogen und ist ausgehfertig gekämmt – und all das ganz freiwillig!

SIE *erstaunt:*
Willst du weggehn?

ER Ja.

SIE Wohin denn?

ER Zum Einkaufen.

SIE Warum? I brauch fei nix.

ER *stolz:*
Aber ich.

SIE Was denn?

ER Was denn scho – wenn morgn Muttertag is.

SIE *freundlich:*
Geh, laß des doch, Ludwig. Du mußt mir doch nix kaufen! I bin ja schließlich auch net dei Mutter.

ER Gottseidank nicht! Und grad des is des Angenehme dran, gell, Bäzerl? Oder vielleicht net? Bussi. *Er küßt sie.*

SIE Geh, was machst denn wieder!

ER Des is gut gegen Beulen, Muckerl. Ein altes Hausrezept – von mir!

SIE So? Was du immer alles weißt – alter Schmuser!

ER *hinterkünftig:*
Ich weiß no mehr. Soll ich dir noch was sagen? Oder zeigen? Ich hab da mehrere recht erfolgreiche Maßnahmen in meinem Repertoire.

ER krault sie zärtlich. SIE schiebt ihn liebevoll und energisch zugleich beiseite. Zwar schätzt sie seine angebotenen Kenntnisse durchaus – nicht aber die damit verbundene Verzögerung beim Aufräumen.

SIE Danke, danke, Ludwig. Vorerst reichts mir.

ER So? Dann sag mir wenigstens: Was wünschst dir denn für morgn?

SIE Geh, Papa! Des fragst mich jedes Jahr! Und jedes Jahr erklär ich dir wieder, daß i nix will.

ER Und jedes Jahr hast no was kriegt. Also sag halt amal, was d' magst.

SIE Nix. So glaub mirs doch endlich. I hab dieses Muttertagfeiern dick!

ER Warum denn? Des is doch immer sehr nett, wenn s' alle zum Gratulieren kommen.

SIE Ja, scho. Aber trotzdem war mir des scho immer a bißl unbehaglich.

ER Wieso denn?

SIE Ach, des weißt doch: Ich mag des net, wenn so viel Wind gmacht wird mit dem lieben Mütterlein, des sich angeblich fortwährend aufopfert. Bitte – kann ja sein, daß solche Frauen gibt. Aber mir hat die Zeit mit die Kinder nur Freud gmacht.

ER Noja – ganz schön dringhängt bist trotzdem, Mama. Noch dazu in der Zeit, wos d' aa no im Büro warst.

SIE No – und? Wenn schon. Du hast ja auch deinen Teil getan. Soll ich dir vielleicht nachträglich auch Blumen kaufen?

ER Nein, Mama! Du sollst mir lediglich sagn, was d' willst. Wünsch dir halt was!

SIE Gut. Damits d' a Ruh gibst. Hoffentlich is dir net zu viel.

ER *generös:*
Geh, Mama. War ich je kleinlich?

SIE Nein, nie. Des is wahr, Bärle.

ER Also sag schon. Was is? Dein Wunsch is mir Befehl.

SIE läßt ihren Blick nachdenklich über ihn schweifen. ER steht abwartend da, das Messer noch in der Hand. Da überzieht ein Lächeln ihr Gesicht.

SIE Jetzt weiß i was, Papa.

ER Fein. Was denn? Sags halt!

SIE Gut. Dann wünsch ich mir, daß d' as Bad aufräumst!

ER *aufheulend:*
Ich?

SIE *lacht:*
Hab ich dich erwischt, gell! Aber jetzt bin ich unerbittlich! Komm nur rüber! Dann mach mirs glei mitnander, mir zwei . . .

Achtzehnte Szene: Vor der Jagd

Männer sind – wer wüßte das nicht – ein kühnes, wagemutiges, tapferes, ja heldenhaftes Geschlecht. Seit allerdings Säbelzahntiger und Mammut ausgestorben, die letzten Jagdreviere von Schrotthändlern gepachtet und von blassen, in Lodenanzüge abgefüllten Diplomaten, Ministerialbeamten und Steuerberatern erobert worden sind, liegt der Jägerinstinkt des beutegreifenden Normalbürgers brach. ER allerdings erinnert sich noch an das letzte jagdbare Wild seiner Lausbubenzeit: den Maikäfer. Heute freilich betreibt er den Fang nur noch aus Pflichtgefühl und um die zoologischen Kenntnisse seiner Enkelin zu fördern. Sagt er.
SIE ist da etwas anderer Meinung. Und steht nachdenklich vor einer großen Schuhschachtel, die mitten auf dem Küchentisch liegt.

SIE *ruft:*
Vater?

ER *entfernt:*
Ja?

SIE Hast du die Schachtel da hergstellt?

ER Welche Schachtel?

SIE Die große Schachtel, wo deine Stiefel neighören.

ER Ach so, die! Jaja, die hab ich hingstellt.

SIE Wozu denn des?

ER *kommt eilfertig herein:*
Net verräumen, gell. De hab i scho für morgn hergricht – fürs Maikäferfangen mit der Stutzi.

SIE Was willst denn mit der Riesenschachtel?

ER Maikäfer neitun. Sag i dir ja grad.

SIE Ah geh, Papa, das reicht ja für a ganzes Gschwader! So viel fang ma doch nie. Komm, nimm s' mit und pack lieber deine Schuh wieder nei.

SIE drückt ihm die Schachtel in die Hand. ER stellt sie wieder zurück. Eingriffe von Laien in die Vorbereitungen der Maikäferjagd muß er als Zumutung empfinden.

ER Mama! Wie willst du wissen, wieviel ich fang? Außerdem brauch ich ja auch Platz für die Blätter.

SIE Trotzdem, Ludwig! Da kommen mir ja daher wie a Transportunternehmen. Wer soll denn diese Riesenschachtel schleppen?

ER *lupft die Schachtel:*
Die is doch ganz leicht. Und mir sin ja doch zu fünft. D' Helga und der Peter gehn doch aa mit – oder?

SIE Schon. Aber deswegen mußt doch net a halbs Klavier mitnehmen.

ER Tu i doch net. Nur die Schachtel.

SIE Nur! Da reicht doch a kleinere auch.

ER Wenn mir keine ham! I hab ja scho gschaut. Weil bei uns immer alles gleich weggworfen wird. Kein Wunder, daß ma nix findt, wenn ma was braucht.

SIE *seufzt:*

Mei, Vater! Wenn ich alles aufhebn tät, was du vielleicht amal brauchst, dann bringaten mir scho lang d' Wohnungstür nimmer zu.

ER Du sollst nicht alles aufheben, Luise. Sondern nur, was nötig ist.

SIE Nötig! Maikäferschachteln! . . .

SIE wendet sich ab. Diskussionen in diesem Punkt haben keinen Sinn. Denn ER ist ein Sammlertyp. Sie hingegen schaufelt in regelmäßigen Stöberaktionen die Wohnung wieder von seinen Schätzen frei.

ER *nachdenklich:*
Zigarrnkisterl! Des wär jetzt des Richtige. Ham mir denn keine Zigarrnkisterl mehr, Mama? Ich hab doch früher so viel graucht.

SIE Schon. Aber des is doch scho ewig her, daß d' damit aufghört hast. – Gottseidank.

ER *eigensinnig:*
Des is aber no lang kein Grund, daß ma alle Kisterl wegschmeißt.

SIE Alle hab ich s' ja auch net weg. Irgendwo wird schon noch eins sein.

ER Wo?

SIE Des weiß ich im Moment net. Vielleicht find ich no eins. Des hat ja noch Zeit bis morgn. Jetzt tu mir den Gfalln, Ludwig, nimm endlich dein Schuhkarton mit, tu deine Stiefel wieder nei und . . .

ER . . . und wenns d' kei Kisterl findst, kann i s' wieder herräumen . . .

SIE Nanaa. I find scho irgendwas. Jetzt komm!

SIE schiebt ihm erneut die Schachtel zu. ER bleibt ungerührt davor stehen.

ER Aufräumen kann i s' allweil no – wenns d' was Bessers findst.

SIE Leicht! 's ganze Haus is voller Schachteln! Da schau her, nimm glei die vom Knäckebrot. Da is sowieso nimmer viel drin! Des tun mir raus – – so – und da hast dei Schachtel. *Sie kippt die letzten Stücke heraus.*

ER *verächtlich:*
Die? Was soll i denn mit der?

SIE Maikäfer neitun.

ER T! Des is doch niemals a Schachtel für Maikäfer.

SIE Wieso net?

ER Weils a Knäckebrotschachtel is.

SIE *zunehmend ungeduldig:*
Des is doch Wurscht. Der Maikäfer kann doch net lesen.

ER Das weiß ich auch, Luise! Aber rauskrabbeln kann er. Da schau her: die steht ja da auf der Seiten ganz auf!

SIE Da brauchst doch nur a Gummiringerl drüber tun.

ER Dann geht er daneben naus.

SIE Dann tust zwei drüber – über Kreuz.

ER Des hebt doch der spielend. Da schau dir des an: wenn i scho mitm Finger neikomm.

SIE Ja, wenns d' es aufbohrst!

ER Luise! Was ich kann, kann der Maikäfer auch. Was glaubst, wie stark so ein Kerl is! Der bohrt sich ja an halben Meter oder was durch die Erde durch. Aus so am windigen Karton – noch dazu mit Schlitz, da is doch der sofort draußen!

ER drückt ihr die verbogene Schachtel wieder in die Hand. Menschen weiblichen Geschlechts – das ist ihm seit seiner Bubenzeit klar – sind in diesem Falle lediglich dazu geeignet, mit dem Preis von einem Fünferl pro Käfer den erfahrenen und stets männlichen Fänger zu subventionieren. Anderes steht ihnen nicht zu.

SIE *ergeben:*
Wies d' meinst, Vater. Ich bin ja gspannt, ob mir überhaupt ein erwischen.

ER *selbstsicher:*
Warum denn net? Den krieg i scho. Des wär nicht mein erster.

SIE Hoffentlich. Denn des gäb a Katastrophe, wenn d' Stutzi heuer wieder kein kriegat – so wie vorigs Jahr.

ER Da war ich ja auch nicht dabei. Da is ja nur mit ihre Eltern gangen. Und der Peter – bitte – ich will mich nicht äußern. . . Jedenfalls: mich hat ma ja nicht aufgefordert ghabt, net wahr.

SIE Aufgefordert! Weil ma dich schon so leicht nausbringt an am Sonntag. Und selbst wenn: wo kein Maikäfer is, kann ma keinen fangen.

ER *arrogant:*
Ein Maikäfer is immer da um die Zeit – wenn ma an Blick dafür hat. Das ist natürlich die Voraussetzung. Und daß ma die Plätze weiß.

SIE Und du weißt an Platz, Papa?

ER Was heißt einen? Mehrere! Ich hab ja schließlich für unsere Kinder auch immer Maikäfer gfangen, net wahr? Und die verschiedensten Exemplare: Müller, Bäcker,Türken, Kaminkehrer, Mannderl, Weiberl . . . freilich: verstehn muß mas halt . . .

Jetzt ist ER mindestens drei Meter groß vor Stolz. Oder besser noch einsdreißig klein – wie damals als Bub. SIE liegt ihm respektvoll als Mäderl zu Füßen – selbstverständlich nur bildlich.

SIE *staunend:*
So viel Sorten gibts? Siehst, des weiß i gar nimmer.

ER *professoral:*
Das sind keine Sorten, Luise. Das ist im Prinzip immer der gleiche Maikäfer: Melod – Melo . . . Dingsda vulgaris – auf lateinisch eben – der Maikäfer.

SIE So? Und was sind dann die . . . was hast gsagt?

ER Die Türken? Die habn so a rötliches Halsschild. Hingegen die Kaminkehrer, die sind ganz schwarz. Und die Müller – die habn so an weißen Flaum.

SIE Ja?

ER Jaja. Aber die sind nur deswegen weiß, weil s' frisch geschlüpft sind. Da ham s' so a Behaarung. Im Alter verliert sich das.

SIE *mit prüfendem Blick auf ihn:*
Aha.

ER Was heißt da aha?

SIE Nix. Nur aha.

ER Weils d' mich schon wieder so anschaust. Mein Haarausfall is hormonell bedingt. Ich bin ja schließlich kein Maikäfer.

SIE Des weiß ich schon, Ludwig. I überleg mir nur, was mir da tun könnten.

ER Gar nix. Gegen Haarausfall kannst nix machen. Zumals bei uns ja auch in der Familie liegt.
ER streicht seine Haarreste zurecht. Seit Wissenschaftler das Entstehen von Glatzen auf den Einfluß männlicher Hormone zurückführen, ist er sogar stolz darauf.

SIE Nein, Ludwig, i red doch net von dir. I überleg doch immer noch wegen die Maikäfer. Wenns d' damals so viel gfangen hast, können s' doch heut gar nimmer da sein.

ER *erhaben:*
Selbstverständlich nicht, Luise. Die gleichen Maikäfer können niemals mehrere Jahre hintereinander da sein. Die leben ja nur einen Mai – oder a bißl davor oder danach.

SIE Des weiß ich auch, Vater . . .

ER . . . aber es kommen ja immer wieder welche, aus die Eier, die s' glegt ham.

SIE Die legn s' aber doch net, wenns d' es fangst. Ich hab jedenfalls nie Eier in deine Schachteln gsehn.

ER *lehrhaft:*
Des kannst du auch nicht, Mama! Du kannst überhaupt keine Eier sehn. Denn der Maikäfer legt die Eier ja tief in die Erde . . .

SIE Eben! Und net in a Zigarrnschachtel. Drum mein i ja: du kannst gar keine mehr da finden, wo s' früher warn.

ER Warum denn nicht?

SIE Weils d' es weggfangen hast – seinerzeit.

ER Aber Luise: Durch einfaches Fangen von Hand kannst du eine Maikäferpopulation überhaupt nicht reduzieren.

SIE Ich freilich net. Weil i s' scho net halten kann, wenn s' so kribbeln.

ER Nein! Sondern, weil im Prinzip der Einzelfang überhaupt nichts schadet! Denn jahrhundertelang sind die Maikäfer ja tonnenweis eingfangen worn und sin net weniger worn. Nur weil wir die Natur insgesamt ruiniert ham, gibts keine Maikäfer mehr.

SIE Davon red ich doch dauernd, Ludwig. 's Kind liegt mir schon die ganze Woch in die Ohrn: Gell, der Opa fangt mir bestimmt an Maikäfer.

ER *selbstsicher:*
Des tut er auch! Laßts mich nur machen!

SIE I red dir ja nix drein, Ludwig. I sag ja nur. Net, daß mir dann mit der leeren Schachtel heimkommen.

ER lupft nachdenklich den Deckel. SIE läßt in aller Ruhe seine offenbar tiefschürfenden Erwägungen reifen.

ER *nach einer Pause:*
Ma könnt natürlich eines machen, Luise: nämlich die Fanggründe vorher sicherheitshalber überprüfen.

SIE Welche Fanggründe?

ER Die Plätz, wo s' früher warn, die . . . Melolontha vulgaris heißen s' übrigens zoologisch. Daß i seh, wie überhaupt der Anflug is. Und wenn ich heut einen fang, dann hätt ich gleich ein Exemplar in der Reserve – für alle Fälle.

SIE Heut willst scho naus?

ER Ja. Natürlich brauch i dann a ordentliche Schachtel. Des is das A und O. Wenns d' so gut bist, Mama, und glei eine hersuchst, dann könntn mir sofort fahrn, mir zwei . . .

Neunzehnte Szene: Logik

In einer guten Ehe sind die Gewichte möglichst gleichmäßig verteilt. In unserem Fall heißt das: Wenn ER grundsätzlich das Recht auf seinen Grant hat, dann hat SIE auch – zuweilen – das Recht auf schlechte Laune. Daß sie das beide nur selten beanspruchen, macht ihr Leben erfreulich. Heute aber hat sie eindeutig ihren schlechten Tag. Er hat das schon beim morgendlichen Staubsaugen gemerkt, das sie ungewöhnlich heftig erledigt hat. Jetzt kennt er es an ihrer Stimme, mit der sie ihn aus seiner samstäglichen Versunkenheit herausscheucht.

SIE Vater . . .

ER *hinter der Zeitung:*
Ja?

SIE Gehst du jetzt zum Einkaufen?

ER *schaut auf:*
Was meinst?

SIE *gefährlich hochdeutsch:*
Ob du jetzt zum Einkaufen gehst.

ER Ich? Wieso? Jetzt oder wie?

SIE Nein. I hab nur gemeint, ob du überhaupt gehst.

ER Nanaa. Wozu denn? Ich brauch ja nix.

ER wendet sich wieder seiner Zeitung zu. SIE seufzt hörbar auf. Er schaut sie prüfend an. Irgend etwas stimmt nicht. Das ist klar. Aber was es ist – das wird ihm immer erst zu spät klar.

SIE *beleidigt:*
Dann nicht. Dann bleibst halt sitzen. Dann muß eben ich gehen.

ER Ja – wieso . . . ? Meinst du, daß ich gehen soll?

SIE Was heißt da sollen? I hab ja nur gfragt.

ER Des is ja eben: Wenns du mich zerst fragst, ob i geh, und wenn i dann sag »naa« und wenn du dann sagst, du mußt selber gehen, dann heißt doch des, daß eigentlich ich gehn müßt, damit du net gehn mußt – oder?

SIE *arrogant:*
Von »müssen« war überhaupt keine Rede. Du mußt in diesem Haus grundsätzlich nichts, Ludwig, wenn du nicht magst.

ER *verwirrt:*
Wieso? Was is denn? I hab doch gar nix gsagt. I mag ja! Bitte! Meinetwegen.

SIE Gut, wenn du magst, dann is das wieder was anderes. – Dann bringst noch zehn Semmeln mit, sei so gut.

ER Warum Semmeln? Da war doch gestern no a ganzer Haufen drin. Sin die schon wieder aus? Wie gibts denn des?

SIE *pikiert:*
Ich habe nichts gegessen, Ludwig.

ER Ja – aber – i hab ja auch bloß – höchstens zwei ghabt.

SIE Drei. Heut früh.

SIE wirft einen strafenden Blick auf den offenen Knopf an seinem Hosenbund, der davon selbstverständlich keine Notiz nimmt. ER aber schon.

ER *verärgert:*
Jetzt wirds besser. Wern eim jetzt scho d' Semmeln vorzählt.

SIE Ich zähl dir gar nix vor, Vater. Sonst müßt i nämlich sagn, daß d' scho sechs ghabt hast – mindestens. Drei scho gestern vorm Kartenspielen. Und dann hab ich euch ja nochmal an ganzen Teller voll hingstellt, daß was habts.

ER Und des heißt du: nicht vorzählen? So.

SIE Ich erwähns ja nur. Weil du doch abnehmen wolltest. Sonst hätt ich ja gestern gleich von vornherein mehr Semmeln kauft. Aber so hab ich mir gedacht: Gut, wenn s' aus sin, sins aus. Und dann . . .

ER . . . und dann schickst du mich wieder fort um frische.

SIE Ich schick dich doch net! Du hast doch selber gsagt . . . ach, was red ich denn lang! Du weißt ja immer was anderes. Da kann i sagn, was i mag.

ER *kühl:*
Das kannst du. Das sollst du aber nicht, Luise. Du sollst nicht sagen, was du magst, sondern was logisch ist.

SIE Und was logisch is, des weißt nur du. Und zwar immer!

Das Gefecht ist eröffnet. Diesmal scheint es sich um einen Kampf mit schweren Waffen zu handeln. Schon allein deswegen, weil ER ungemein stark in Logik ist. Meint er.

ER *kalt:*
Luise, ich weise dich lediglich in diesem Falle darauf hin, daß es unlogisch ist, einen Menschen, der keine Semmeln essen soll, fortwährend um neue Semmeln zu schicken.

SIE Fortwährend! Die ganze Woch schlepp doch ich 's Essen heim, zentnerweis!

ER Ja! Und dann jammerst, daß ich zu dick wer. Das ist wiederum unlogisch, Luise!

SIE Gut. Dann bleibst da, mitsamt deiner Logik und ohne Semmeln.

ER Also, wenns d' jetzt nochamal »Semmeln« sagst, dann krieg i so an Hunger, daß i wirklich ei hol!

SIE *versucht es friedlicher:*
Dann hol halt ei. Aber geh mir net mit de Hausschuh nunter, bittschön.

ER Ich geh nie in Hausschuh auf d' Straß. Im Prinzip net.

SIE Aber in Keller schon. Und dann ist wieder alls voll schwarze Tapper.

ER Wieso? I hol doch d' Semmeln net im Keller.

SIE *gründlich verärgert:*
Ach, von mir aus kannst es holn, wos d' willst!

ER *dozierend:*
Das kann ich eben nicht, Luise! Ich habe die Wahl zwischen Selbstbedienung und Bäcker. Was wiederum a Beispiel is für die Beschränktheit der menschlichen Willensfreiheit.

SIE Ja, is scho recht.

ER Ob des recht is, steht nicht zur Debatte. Des is im Prinzip ein philosophisches Problem, und . . .

SIE . . . und wenns d' jetzt auch noch damit anfangst, kriegst bestimmt keine Semmeln mehr.

ER I geh ja schon! Du siehst doch, daß i scho d' Schuh auszieh!

SIE sieht ihm, Vorwurf im Blick, zu, wie er die Hausschuhe abstreift – nämlich achtlos wie immer, indem er die Fersenkappe niedertritt. ER tut, als sähe er ihre Miene gar nicht.

SIE Und dann räumst bitte deine Schuh auch auf! Sonst fall i wieder drüber.

ER Des mach i scho. Aber zerst muß i doch rausschlupfen. Umgekehrt gehts leider nicht!

SIE *spitz:*
Freilich nicht. Des wär ja nicht logisch.

ER Also – was d' heut wieder hast! Warum bist denn so gereizt?

SIE *gereizt:*
Ich bin nicht gereizt!

ER Naa, sag i! Aber grantig! Und net wenig. Warum denn des?

SIE Bitte, Vater, hör die Fragerei auf! Nix macht mi so grantig, als wenns d' mich fragst, warum ich grantig bin. Bind lieber deine Schuh, sonst fallst glei wieder drüber.

ER *eisig:*
Luise! Ich binde meine Schuhbänder seit Jahrzehnten erfolgreich und ganz ohne deine Anweisungen! Nämlich so:
ER reißt zornig an seinem Schuhbandl. Und hat zwei Teile in Händen.

SIE *siegreich:*
Aha! Und schon is ab. Und wovon kommts? Von dem ewigen Hin und Her.

ER Keineswegs, Luise! Des kommt lediglich von der Schwachstelle im Band. Da hätt ma eben rechtzeitig a neus einziehn müssen!

SIE »Ma« – du meinst mich, was?

ER Keineswegs. Des mach i scho selber. Wo ham mir eins?
ER reißt die nächstgelegene Schublade auf. SIE steht – anders als sonst – untätig und im Vorgefühl ihres sicheren Triumphes daneben. Ohne ihre Mithilfe findet er nichts. Schuhbänder schon gleich gar nicht.

ER *verzweifelt:*
Wo is denn wieder?

SIE Wo wirds denn scho sei? Im Schuhkastl natürlich. Des heißt: nein. Jetzt fallts mir ein. Des hab i ja wieder zum bsorgn vergessen. Neinneinnein! Es ist aber auch wirklich kein Wunder, wenn ma den Verstand verliert. Keine Nacht kann ma mehr schlafen!

ER Ach so! Aus der Ecken geht der Wind! Des Kartenspieln heut nacht hat dir wieder net paßt!

SIE Ach – wenns nur des wär. Am Montag sind die Doktors ewig daghockt, am Dienstag warn mir so lang bei der Helga . . .

ER Ja, *ich* reiß mich net um die ewigen Hausbaudiskussionen.

SIE . . . am Mittwoch – des weiß i jetzt gar nimmer. Am Donnerstag warst ewig auf dieser Sitzung da . . .

ER . . . und hab sogar angrufen, daß später wird. Oder vielleicht nicht?

SIE *milder:*
Ma sorgt sich halt, wenns d' mitm Auto unterwegs bist. Und heut nacht dann das Gebrüll von dem Irlmeier: »Trumpf! Trumpf! Und noch an Trumpf!« Bis um halb zwei bin i wach glegen.

ER Mhm. Und wie i fünf Minuten später kommen bin, hast scho d' Augn zughabt. Merkwürdig, wie schnell so was geht.

SIE Noja – irgendwann wern s' eim ja schließlich noch zufalln dürfen, net!

ER Ja! Des kenn i! Und si dann umdrehn, daß 's Bett glei davonfahrt!
Absolutes »Aus« für SIE. Festhalten am Tagesärger auf der Insel der Seligen gilt als schwerer Regelverstoß. Vermeintliche Siege sind hier Niederlagen.

SIE *voll im Rückzug begriffen:*
Naa, wirklich, Ludwig. Du mußt des aa verstehn. Der Irlmeier regt mi von Mal zu Mal mehr auf. I versteh gar net, was du an dem Menschen findst.

ER *großzügig:*
Des kannst du auch nicht verstehn, Luiserl, weil des eine Männerfreundschaft is.

SIE Ah! Freundschaft! Net amal mitm Vornamen redts euch an.

ER Des is ja eben, Luiserl. Schau, mir ham uns scho in der Schul mitm Familiennamen angredt. Und dabei bleibts. Mir paßt des so. Und ihm aa.

SIE Also gut – i sag ja sowieso nix. Aber schau – wenns immer so zugeht . . . und wenn ma si dann ärgert und was sagt, dann heißts: Du bist nicht logisch.

ER *freundlich:*
Aber keineswegs, Mama. 's Ärgern is in dem Fall durchaus logisch.

SIE *verwirrt:*
Wieso jetzt auf einmal?

ER Immer scho, Luiserl. Is ja klar. Weil: des is ja a logische Kette zwischen Ursache und Wirkung, net wahr?

SIE So? Ja – wenns d' meinst . . .

SIE überläßt ihm besiegt und großmütig das Terrain. Nur ER begibt sich sofort in das Gestrüpp seiner Erklärungen, in dem er bald hilflos zappeln wird.

ER Freilich, Luiserl. Du mußt ja auch bedenken: wenns du dich mehrmals ärgerst, dann addiert sich des ja. Des heißt: des steigert sich ja sogar in der Potenz.

SIE *schmunzelt:*
Wie? In was?

ER *abweisend:*
In der mathematischen Potenz! Sagn mir: du ärgerst dich einmal und noch einmal, dann gibt des net bloß eins plus eins – also zwei, sondern sogar eins hoch eins – also die Zahl in der Potenz, verstehst?

SIE Ja . . . Moment, Ludwig: Des kann aber net stimmen. Was rechnest denn da wieder? Eins hoch eins is ja so viel wie eins mal eins, wenn i mi recht erinner. Des is aber immer noch bloß eins. Des wär ja dann weniger als vorher.

ER Jaja – schon – am Anfang – aber mit der Zeit – net wahr – also, wenn des so weitergeht, dann . . .

SIE . . . dann wirds doch auch net mehr? Eins kannst doch mit eins multipliziern, so oft du willst – des bleibt doch immer eins, oder?

ER Ah ja – richtig. Aber später – da gehts dann . . . irgendwie . . . nauf. Sagn mir: zehn in der Potenz, des is ja dann zehnmal zehn, mal zehn, mal zehn – eben zehnmal so zu.

SIE Geh, Ludwig! Des wärn ja dann zig Milliarden Ärgernisse. Da hätts mi ja scho längst zrissen!

ER Nicht, wenn immer wieder was Angenehmes dazwischenkommt! Da sinkt dann eben die Potenz entsprechend ab.

SIE *anzüglich:*
So? Die sinkt ab? Was du net sagst.

ER Grins nicht! Ich rechne jetzt!

SIE Ich ja auch, Ludwig. Und mein Ergebnis lautet: Wenns d' jetzt net bald gehst, kriegst wirklich bloß mehr Semmelbrösel. Komm, zieh halt deine Slipper an. Da brauchst keine Bandl! Die bsorgst dann auch glei, gell.

SIE nimmt einen Notizzettel von der Waagschale und zwei Plastiktüten aus der Schublade. Denn ihren Einkaufskorb nimmt er im Prinzip nicht. Schließlich muß alles seine Grenzen haben.

ER Was hast gsagt? Schuhbandl? Wo? Doch net beim Bäcker?

SIE Nein, gegenüber. Und des da kriegst auch alles drüben . . .

ER *mit einem Blick auf den Zettel:*
Was? De ganze Listen? Des brauchst aa no alls? Des is ja der reinste Bandwurm! Was is des? Bi-fadl oder wie – des kann i ja überhaupt net lesen! Was soll 'n des heißen?

SIE Ich kanns auch net lesen ohne Brille. Nimm halt die deine mit.

ER Die meine? Mitnehmen? Ja, des is eigentlich a gute Idee, Luiserl. Ich nehme die Meine mit – meine mir ehelich angetraute Gemahlin. Komm nur, Muckerl . . . gehn mir mitnand.

SIE Ah geh, Ludwig! Doch nicht schon wieder ich!

ER Selbstverständlich – wer denn sonst? Ich hab ja nur dich. Also is des vollkommen logisch! Da hast dein Zettel – und i trag dirs nachher. Des wern mir glei ham – mir zwei.

Zwanzigste Szene: Lüngerl mit Knödl

Das eheliche Gleichmaß wird durch gelegentliche Trennung der Partner erfrischt und belebt. Sagen Psychologen. Und aufs angenehmste unterbrochen. Sagen viele Paare. ER und SIE sind zwar im Prinzip ähnlicher Meinung. Steht aber eine wenn auch nur vorübergehende Trennung wirklich ins Haus, so verkehrt die anstrengende Praxis die erfreuliche Theorie ins Gegenteil.
Aus diesem Grund klappert SIE heute auch schon seit den frühen Morgenstunden aufgeregt durch die Wohnung. ER bleibt ihr beunruhigt auf den Fersen.

SIE *läuft in die Küche:*
Vater . . .

ER *hinterdrein:*
Ja?

SIE Magst an Moment da reinschaun?

ER Ja – bin ja scho da – warum – was is denn?

SIE Nur damits d' siehst, was i dir alles hergetan hab für die Woch, wo i net da bin.

SIE öffnet den Kühlschrank. ER schaut ihr prüfend über die Schulter. Und sieht gleich: Sie hat reichlich für sein leibliches Wohl vorgesorgt, zumindest, soweit das durch Vorräte zu sichern ist.

SIE Paß auf – i erklär dirs, Papa.

ER Warum? Brauch i da spezielle Warenkenntnisse? Geh – des kenn i doch alls – Butter – Käs – Bier – und was is da drin?

SIE Des is a ungarische Salami . . . a bißl was hab i dir scho aufschneiden lassn.

ER Wie – laß probiern . . .

SIE Geh, Papa, jetzt iß doch net wieder die eiskalte Wurst nei – ohne Brot! Dann hast as glei wieder im Magen.

ER *kaut:*
Das is nur logisch, wenn i s' iß, Luiserl. Wo soll s' denn sonst hin?

SIE Jetzt laß des! Und schau zerst her: Des in dem Töpferl da, des machst dir morgen warm, gell! Des is a Lüngerl mit Knödl.

ER Warum soll i des warm machen?

SIE Ja, weils d' es kalt net essen kannst, Papa!
ER blickt angewidert in den Topf. Die graubraune eingedickte Masse mit den zwei helleren Knödelinseln scheint nicht die mindeste Ähnlichkeit mit seinem Leibgericht zu haben.

ER *naserümpfend:*
Und des soll i mir wärmen? Warum hast denn des überhaupt gmacht?

SIE Weil i doch gmeint hab, mir essens jetzt noch und fahren erst am Nachmittag. I kann doch net ahnen, daß du jetzt plötzlich so überstürzt mit uns wegfahrn willst!

ER I hab ja aa net ahnen können, daß der Onkel Edi anruft und sagt, daß der Heinrich auf d' Nacht kommt. Ich will den Menschen nicht sehn!

SIE Papa, geh! Du wirst doch keinen Streit anfangen in der Verwandtschaft. Noch dazu, wo sich der Onkel Edi doch freut, wenn s' alle kommen zu seim Fünfundsiebzigsten.

ER Er kann sich ja freun – bitte. Aber wenn der Heinrich kommt, geh ich. Und wenn ma bald fahrn, ham mir no lang genug Zeit zum Ratschen. Wo bleibt denn d' Helga wieder so lang mit der Stutzi? Fahrt er eigentlich aa mit, der Peter?

SIE Ja, alle fahrn mir. Jetzt schau, Papa, des Lüngerl . . .

SIE hält ihm wieder den Topf entgegen. ER schaut gedankenverloren darüber hinweg.

ER Am gscheitesten wird sein, Mama, wenn ma dort sin, flichtst gleich so zwanglos ein, daß i gschäftlich heut no wohin muß . . .

SIE Zwanglos!

ER . . . und dann fahr i so gegen fünfe oder was mit der Helga und mitm Peter wieder z'rück. Und du bleibst schön dort mit der Stutzi.

SIE Schön, ja! An mir bleibt wieder alles hängen.

ER Mama, glaub mir, es is sowieso besser, wenn i bald wieder fahr. Sonst komm i bloß mitm Onkel Edi wieder ins Politisieren – und dann ham ma glei wieder an Verdruß. Mir langt scho des Sodbrennen, des i immer krieg, auf der Fanny ihrn Kaffee. Aber des brauchst ihr natürli net sagn – sonst is glei beleidigt.

SIE Und warum sagst des net alles selber, Papa, wenns d' es scho so genau weißt? Warum schickst immer mich vor zum Schwindeln?

ER Weils d' as du besser kannst.

SIE Also sei so gut, Ludwig!

ER Tatsache. Mir kennt ma so was sofort an. Aber auf dich falln s' alle rei.

SIE Geh! Wer denn scho?

ER Ich zum Beispiel. Und des obendrein immer wieder gern. Du bist ja mei Muckerl – du machst des scho.

ER tätschelt sie flüchtig. Voraussichtlicher Ärger mit Verwandten stimuliert ihn verständlicherweise nicht zu Weiterungen. Sie seufzt.

ER *entgegenkommend:*
Also – und was willst jetzt mit dem Haferl da?

SIE Des hab i dir doch scho gsagt, Ludwig! Des is zum Aufwärmen: Züngerl mit Knödl.

ER Mit was für Knödl?

SIE Mit Semmelknödl – des siehst doch.

ER *prüfend:*
Aha. Ja. Und die muß i zerst rausfischen und ins heiße Wasser schmeißen oder was? Und dann kochen oder wie?

SIE Naa, die sin ja scho fertig, Papa! Des kannst alles mitnander wärmen. Stell aber d' Plattn auf »klein« – sonst brennts dir an.

ER *nickt:*
Mhm. Gut. Und wie lange dauert des?

SIE Ja, 's Anbrennen geht gschwind, wenns d' es net umrührst.

ER Nein, i wills ja nur wärmen. Aufs Anbrennen leg i kein Wert. Also: wie lang dauert 's Wärmen?

SIE *allmählich ungeduldig:*
Mei, des merkst dann schon, wenns warm is. Du mußt ja sowieso daneben stehn bleibn und umrührn.

ER Umrührn. Gut. – D' Knödl auch mit umrührn – oder wie?

SIE Nein, d' Knödl mußt net umrührn wie narrisch. Sonst hast ja zum Schluß a Semmelmus!

ER *notiert geistig:*
Also: Knödl nicht rühren. Schon begriffen. – Und wern die dann auch oben warm, wo s' aus der Soß rausschaun? Und innen auch?

SIE Freilich – wenns d' lang genug wartst!

ER Mhm. Und wie lang muß i da warten?

SIE *nervös:*
Mei, Ludwig, du fragst heut wieder was z'samm. Fürchterlich!

SIE drückt die Kühlschranktür zu und stellt das Töpfchen auf dem Tisch ab. ER ist offenbar dabei, die Sache gründlich zu hinterfragen.

So wie das heute üblich ist. Eigentlich müßte sie die Erfahrung schon längst gelehrt haben, daß nichts dabei herauskommt. Aber Frauen sind eben – wie sie – häufig wundergläubig.

ER Ich muß doch fragen, Mama! I hab doch keinerlei Erfahrung in der Zubereitung von Lüngerl mit Knödl.

SIE Zubereitung! Nur aufwärmen, Ludwig! Du siehst doch, daß scho fertig is!

ER Eben. Und drum seh ich auch, daß ich hier mit zwei Materialien zu tun hab: das eher flüssige Lüngerl – und die kompakten Knödl. Also muß i doch mit am verschiedenen Wärmedurchgangskoeffizienten rechnen.

SIE *verwirrt:*
Wie? Geh Vater! Da mußt doch net rechnen. Da nimmst einfach an Löffel und probierst, obs warm is. Und wenns d' vorher die Knödl durchschneidst, dann gehts sogar noch schneller.

ER Aha. Knödl vorher durchschneiden. – Ah geh, mach des glei du, bittschön.

SIE Mei, Ludwig . . . kannst du net an Knödl durchschneiden?

ER Können schon – aber es geht ja ums Drandenken. I muß ja schließlich aa in mei Büro. Und wenn dann auch noch der ganze Haushalt nur an mir allein hängt . . .

SIE atmet kräftig durch. Der Haushalt, der sonst – wie ER sagt – ja nicht viel Arbeit macht, scheint während ihrer Abwesenheit jedesmal ins Gigantische zu wachsen.

ER *stirnrunzelnd:*
Muß i eigentlich die Blumen auch gießen?

SIE Freilich – wenn s' a Wasser brauchen.

ER Aha. Und des Lüngerl braucht keins mehr? Des is so richtig, in der Konsistenz – oder wie?

SIE Mei, Papa! Du tust heut wieder, als tätst dir 's erste Mal im Leben was aufwärmen!

ER 's erste Mal nicht. Aber jedesmal gleich ungern.

SIE Ludwig, ich tu auch manches sehr ungern. Und muß trotzdem machen. Zum Beispiel des mitm Onkel Edi. Warum besprichst des net du mit ihm, daß er der Stutzi des Haus verschreibt?

ER Da muß i doch nix besprechen! Er wills ja ohnehin so machen. Er sagt doch scho immer: Des kriegt nur d' Stutzi.

SIE Aber der Heinrich wills eben auch.

ER Damit er des aa no durchbringen kann. Dafür is des Haus zu schad. Laß dich nur net unterbuttern, Mama.

SIE Ja! Damit ich dann wieder als Erbschleicherin dasteh!

ER Da schleichst du doch nicht erb! Du willst doch nix – und ich auch nicht. Außerdem wirds heut sowieso net entschieden – und wenn i euch nächste Woch hol – da wern mir scho sehn, was dann is.

SIE Da bin i gspannt. Also nachher . . .

SIE öffnet den Kühlschrank und will den Topf zurückstellen. ER, gründlich wie er ist, wiederholt:

ER Also, nochmal: Lüngerl wärmen, Knödl sind geschnitten, ja?

SIE Oder weißt was, Papa: machs bloß im Wasserbad warm.

ER *erschrickt:*
Im Wasserbad? Und wie geht des wieder?

SIE Ganz einfach! Du brauchst ja bloß des Haferl da in an größeren Topf mit Wasser neistelln.

ER Und davon wird des Lüngerl warm? Wie gibts denn des?

SIE Indems d' die Platten drunter einschaltest! Bloß 's Neistelln allein nützt natürlich nix.

ER Des hab i fast vermutet. Des heißt also: I soll des Lüngerl gewissermaßen über einen sekundären Erhitzungsvorgang wärmen.

SIE Wie? Was?

ER I mein: indem ich eben primär das Wasser erhitze. Und zwar auf welche Temperatur?

SIE Nein, Ludwig! Jetzt fangt er wieder von vorn an! – Was hast denn heut für a Umstandskramerei!

Es ist offensichtlich: ER kann zwar, aber er mag nicht. Auch und gerade dann nicht, wenn SIE will, daß er möchte, was sie mag. Kompliziert? Keineswegs! Nur: Eheleben.

ER Aber, Mama – wie soll ich denn des alles wissen? Ich muß doch das exakt erfragen!

SIE Geh, geh, Ludwig, des weißt du genau. Du hast ja schließlich auch amal was gwärmt, bevors d' verheirat warst. Sonst wärst ja spätestens im Krieg verhungert.

ER Grad da eben nicht. Weil i ja als Infanterist mit voller Verpflegung engagiert war. Wenn d' Gulaschkanone nachkommen is. Und wenn nicht, dann ham mir sowieso nix zum Aufwärmen ghabt – außer unsere kalten Zeha. Und Zehenaufwärmen kann ich heut noch.

SIE *lächelt:*
Jaja, des freilich.

ER *sehr angetan:*
Ja, ich kann sogar sagen: Ich gelte als Experte auf diesem Gebiet. I hab da sogar eine Kundschaft – im Abonnement sozusagen – die laßt sich jede Nacht von mir unter meiner Decken d' Zeherl aufwärmen. Kennst du diese Kundschaft?

SIE *verschämt:*
Ja, die Kundschaft kenn i. Die is auch sehr zufrieden mit deinen Diensten.

ER Soso? Da wer i dir scho abgehn, was, Muckerl?

SIE Nicht nur deswegen, Bärle.

SIE streichelt ihn. ER knurrt wohlig.

ER Nimm dir fei a Wärmflaschen mit, Mama. Sonst kannst ewig net einschlafen und kommst am End mit am Mordskatarrh wieder.

SIE Nein, i hab scho alls dabei. Und bleib fei du aa gsund, Papa.

ER Mach i scho. Bloß des mit dem Lüngerl, des mach i vielleicht doch net. I glaub, des wird nix.

SIE Des glaub i fast selber. Weißt was: i tus tiefkühln.

ER Des is gut! Ja, und wenns d' wieder da bist, ess' mas mitanand, mir zwei . . .

Einundzwanzigste Szene: Sauberkeit

Nach unseren Gesetzen stehen Männern und Frauen die gleichen Rechte zu. So dürfen sich auch beide gleichermaßen im ehelichen Haushalt betätigen. ER verzichtet hier allerdings meist liebenswürdigerweise darauf, dieses Recht für sich zu beanspruchen, und überläßt ihr großzügig das Feld. Und dazu Kehrbesen, Fensterleder, Kochtöpfe, Wischtücher und volle Aschenbecher. Während er heute wieder einmal im Wohnzimmer hinter der Zeitung die Weltlage bedenkt, räumt SIE schon leere Bierflaschen und benutzte Gläser vom Tisch. Denn gestern war Herrenabend.

SIE Vater . . .

ER Ja?

SIE Wolltest du net jetzt auf d' Post gehn?

ER *mit der Nase in der Zeitung:*
Ich? Warum?

SIE Weils d' es gsagt hast – vorhin.

ER Nein, ich mein: warum ich grad jetzt gehn soll?

SIE I hab ja net gsagt, daß du gehen sollst. I hab nur gfragt, ob du gehst.

ER Eben. Wenn du des fragst, dann heißt des, daß ich gehen soll.

SIE *freundlich:*
Überhaupt net. Du kannst von mir aus auch später gehn. Dann mach i eben später sauber da herin. Bloß des nimm i glei mit, daß weg is.

SIE füllt ihr Tablett und klappert dabei sehr deutlich mit den Gläsern. Dieses Alarmsignal verkündet ihm nach seinen Erfahrungen zumindest eine unruhige Stunde.

ER *ohne aufzusehen:*
Geh! Was willst denn scho wieder putzen!

SIE Ich will nicht. Ich muß. Aber eben erst, wenn du draußen bist. Weil i schon weiß, daß d' es net magst.

ER I mags auch net, wenn i draußen bin. Warum tust di immer so runter, Mama, mit der ewigen Putzerei?

SIE Erstens putz ich net ewig, sondern bloß, wenns es braucht. Und zweitens putz ich heut überhaupt nicht. Ich will nur staubsaugen da herin.

ER Warum denn des?

SIE Warum? Da brauchst nur nunterschaun untern Tisch.

ER Ich schau ja net nunter.

SIE Aber ich.

ER Du sollst des eben auch net machen. Schon allein die Kopfneigung is schlecht für deine Halswirbel. Schau lieber mich an.

SIE *lieb:*
Des tu ich schon. Du bist ja mein ganz Schöner.

SIE tätschelt ihn oberflächlich. ER zieht das Genick ein. Ihr Versuch, ihn vorbeugend zu besänftigen, läßt ihn das Schlimmste befürchten: die unabwendbare Störung seiner Seelenruhe.

ER Mama! Nicht!

SIE Freilich, freilich! Bist ja mei Bärle. Bloß hilft mir dein bezaubernder Anblick wenig, wenn i dabei unten auf die Erdnüß und die Brezenstangerl tret, dies gestern gessen habts.

ER Das ist technisch unmöglich, Luiserl. Du kannst nicht auf gegessene Erdnüsse treten. Wenigstens jetzt noch nicht. Denn Nüsse ham a Verweildauer im Verdauungstrakt von mindestens . . .

SIE *hebt einen Brezenrest auf:*
Ja, dankschön, i weiß scho! Aber auf eure rumgschleuderten Bröckerl tritt i drauf. Schau dir des an! I versteh gar net, wies ihr des immer machts! Ma kann doch a Erdnuß oder a Brezenstangerl in der Hand halten!

ER *eigensinnig:*
Nicht, wenn ma in einer Hand as Kartenblatt hat und mit der andern ausspielt.

SIE Dann machts es halt hintereinander: erst essen und dann ausspielen. Dann werden auch d' Karten net so fett.

ER De wern net von dem fett, sondern von deine belegten Brote.

SIE Wenn nur ich wieder schuld bin! Und wenn i nix hinstell, is auch nix.

ER I hab ja net gsagt, du sollst nix hinstelln. I sag nur: Bei der Kombination Kartenspielen plus Essen ist eine gewisse Verschleppung von Materie an andere Stellen unvermeidlich.

SIE Gut. Is recht. I sag ja so nix. Also verschlepp jetzt deine Materie auf die Post und laß mich da herin staubsaugen.

SIE beginnt, die Stühle auf die Seite zu stellen. ER rührt sich nicht und hält sich an seiner Zeitung fest. Sein Widerstand ist wie üblich stark, wenn auch nur hinhaltend und voraussichtlich nutzlos.

SIE *freundlich:*
Also, Papa, geh halt. Schau, bis d' wiederkommst, bin i ja fertig.

ER Daß dann wieder heißt: I mach an Dreck her – und du derfst 'n wegmachen.

SIE Du darfst 'n schon auch wegmachen, wenns d' willst. Da hab i gar nix dagegen. Du darfst sogar selber an Staubsauger holn – bitte, gern . . .

ER Wozu denn? Wegen dene paar Bröserl setzt ma net glei a ganz E-Werk in Betrieb. Des laßt si do leicht von Hand wegklaubn.

SIE Meinst? Gut – dann probiers amal.

ER bückt sich ächzend und angelt mit spitzen Fingern eine halbe Erdnuß vom Teppich. SIE steht ruhig daneben. Seine feindurchdachten Experimente in sinnvollerer Haushaltsführung scheitern mit beachtlicher Regelmäßigkeit, wenn sie ihm nur lang genug Zeit dafür läßt.

ER *wieder auftauchend:*
Siehst es: des geht doch leicht. Da – halt d' Hand auf: da hast a Nuß.

SIE Und? Is des alles?

ER Nein, noch nicht. *Er bückt sich wieder.* Da schau her: da kriegst aa no a Brezenstückerl . . .

SIE Geh, Vater! So wird doch des nie sauber!

ER Warum denn nicht? Laß mich nur machen. Des wird sogar sauberer, als wenns du mitm Staubsauger drübergehst.

SIE Geh? Wer sagt denn des?

ER Ich.

SIE Ja, du! Weil du schon der Fachmann bist für häusliche Sauberkeit!

ER Da muß i gar kein Fachmann sein. – Da hast noch was . . . *Er drückt ihr einen Kartoffelchip in die Hand.* – Des sagt mir nämlich die Logik. Und die Naturwissenschaft: Aufklauben ist besser als Staubsaugen.

SIE Mhm. Und bsonders für dein Kreuz! In der Nacht jammerst dann wieder, wenns d' dirs jetzt auskegelst.

ER Nein. Wenn i mirs jetzt auskegel, dann jammer i scho glei jetzt.

SIE Des weiß ich!

SIE schmunzelt. Seine Leiden treten zwar selten, gern aber nach häuslicher Überbeanspruchung auf. Berühmt sind zum Beispiel seine dramatischen Bandscheibenvorfälle nach dem Vorhangaufmachen und seine schweren Verwirrungszustände nach dem Schubladenstöbern.

SIE Drum sag ich ja: Laß doch sein, Papa! Des krieg i scho. I hab euern Dreck noch jedesmal weggmacht . . .

ER Mama! Eine Erdnuß am Boden is kein Dreck!

SIE Aber a halbs Dutzend plus Brezenstangerl schon.

ER Auch nicht. Das sind lediglich Nahrungsmittel am falschen Ort.

SIE . . . die ich im Nu weggsaugt hab, wenns d' mich nur laßt. Ich weiß ja, daß d' des Gebrumm net magst. Jetzt geh halt endlich auf dei Post und laß mich werkeln.

SIE stupft ihn freundlich. ER bleibt eisern und mit umwölkter Miene sitzen.

ER *düster:*
Daß i den ganzen Tag wieder nies und hust.

SIE Wieso sollst du da niesen und husten?

ER *eigensinnig:*
Ich soll nicht – aber ich muß. Weil ich einfach empfindlich bin gegen solche Dingsda . . . Des ganze häusliche Biotop wird ja durcheinandergjagt.

SIE Wo ham mir a Biotop? Du tust ja, als täten bei uns d' Igel dutzendweis aufm Teppich rumsausen.

ER Wer redt denn von Igel? Ich mein doch: die Kleinstlebewesen in unserer Wohnung.

SIE Bittschön, sag des net laut, sonst meinen d' Leut, mir ham Wanzen.

ER Doch überhaupt nicht! Mit Kleinstlebewesen mein i doch . . . Bakterien . . . Viren und des Zeug. Die sind doch in jeder Wohnung.

SIE Is ja recht. Drum saug i ja Staub, dann sins wieder draußen.

ER Draußen ausm Teppich vielleicht schon. Aber grad da drin warn s' ja zerst völlig unschädlich verwahrt, jahrzehntelang, während . . .

SIE Jahrzehntelang! Sag bloß, ich hab jahrzehntelang nimmer gsaugt. Grad vorher wars dir noch zuviel!

Eine Flaschenkapsel klappert laut in den Aschenbecher. Das Tablett klirrt gefährlich. Nur SIE schweigt. Und schleudert energisch den Vorhang zum Lüften zurück.

ER *versöhnlich:*
Aber Mama! Es geht dabei doch net um viel oder wenig! Du kannst doch sowieso niemals den gesamten Teppich bis aufs Grundgewebe reinigen.

SIE *bissig:*
Ich hab auch nicht die Absicht. A bißl a Flor soll schließlich noch draufbleiben. Wenn schon der Irlmeier mit seine Gummiabsätze die Hälfte wegradiert. Schau dir nur wieder die Wuzerl an!!

ER Die klaub ich auch weg. Deswegen muß ja nicht das ganze häusliche Biotop umgschicht wern. Du ziehst nur den Staub von unten nach oben und . . .

SIE . . . und da bleibt er in meim Staubsack und in meim Filter drin.

ER . . . und die Bazillen und die Viren, die lachen sich ins Fäustchen. Weilst es vorn neisaugst, und hinten hauts dirs wieder naus!

SIE Geh, Ludwig!

SIE schüttelt den Kopf, ihn streng verweisend – wie immer, wenn seine zweideutigen Formulierungen ihre Wohlerzogenheit verletzen. ER aber versucht, seinen Rückzug logisch abzusichern.

ER Is ja wahr, Mama! Schau, da fliegt des Zeug bloß rum, und ich schnaufs wieder ein!

SIE Nicht, wenns d' derweil auf d' Post gehst. Mittlerweile hat sichs doch zehnmal wieder gsetzt.

ER Und mit jedem Luftzug, den ich verursache, fliegts wieder auf.

SIE Was du schon für Luftzüge machst! Den ganzen Samstag sitzt du auf einem Fleck und liest.

ER Und warum schickst mich dann jetzt plötzlich fort?

SIE Ich schick dich doch gar net, Papa! Du hast doch gsagt, daß d' noch auf d' Post mußt und den Brief fürn Benno aufgeben.

ER Des kann ich aber erst machen, wenn i 'n gschriebn hab – und net vorher.

SIE Ja, hast du den noch net gschrieben?

ER Nein. Des sag i ja grad.

SIE Dann darfst dich aber drübermachen, Ludwig! Sonst hat er 'n ja nie bis zu seim Geburtstag. Der wart doch drauf.

ER Jaja, i weiß scho. I weiß nur net, was i schreibn soll. Fallt dir vielleicht was ein?

Die Familienliteratur ist ihr aus zahllosen Geburts-, Namenstags-, Hochzeits- und seltenen Tauf-Glückwunschschreiben geläufig. Der Benno – sein ehemaliger Kriegskamerad – ist einer der wenigen, denen er noch selber mehr schreibt als nur »herzliche Grüße«. Aber auch da hat die Zeit viel Trennendes, viel Unaussprechliches gebracht. ER dreht verlegen den Stift in der Hand.

SIE *obenhin:*
Mei – was willst da schon viel schreiben: »Lieber Benno, Du hast wieder ein Jahr erfolgreich und gesund hinter dich gebracht ... « etc. pp.

ER Halt! Moment! Des is gut! Des is sehr gut! Des schreib i glei mit. Wo hab i mei Brilln? Wie hast gsagt ghabt?

SIE »Lieber Benno ... «

ER *schreibt:*
Des hätt i aa no z'sammbracht. Und dann?

SIE »Lieber Benno ... « ... ach, so im Stehn kann i des jetzt auch net!

ER Dann setz dich halt her. Komm, Muckerl ...

ER nimmt ihr das Wischtuch aus der Hand und schiebt SIE an seinen Schreibtisch. Sie wehrt sich nur schwach.

SIE Ach geh ... nein, Ludwig!

ER Doch! Dann kannst es glei mit der Maschine schreiben. Dann kann ers besser lesen. Und i trags hernach sofort auf d' Post. Dann hast dei Ruh. So, mein i, mach mir des am besten, mir zwei ...

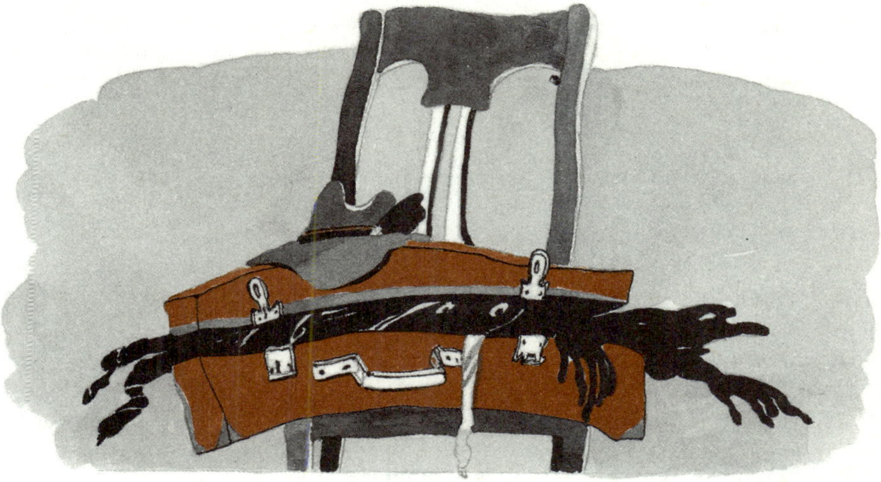

Zweiundzwanzigste Szene: Kofferpacken

Es gibt Leute, die mit leichtem Herzen in der Brust und einer Zahnbürste in der Westentasche die halbe Welt durchreisen. Andere brauchen dazu viel Überlegung und einen Möbelwagen voll Gepäck. SIE hält die Mitte: mit einer guten Portion Vorfreude, etlichem Reisefieber und zwei Koffern: einen für sie, einen für ihn. Denn sie ist gerade beim Einpacken für die große Urlaubsreise.

SIE *ruft aus dem Schlafzimmer:*
Vater?

ER *entfernt:*
Ja?

SIE Magst an Moment rüberkommen ins Schlafzimmer?

ER *brummt:*
Eigentlich nicht. Weil i grad Zeitung les. Was willst denn?

SIE Wenns d' nur an Augenblick herschaun tätst, damit i weiß, was du alles mitnehmen willst. Ich kann ja sonst net weitermachen.

ER erhebt sich, ein Inbild der Seelenruhe, und schlurrt gemütlich hinüber. SIE steht vor dem offenen Schrank inmitten der ganzen Wirrnis von offenen Koffern, beiseite gelegten Wäschestapeln, Blusen und Kleidern auf den Betten.

ER Was machst denn da wieder alles, Mama, hm?

SIE Des siehst doch: unsere zwei Koffer pack i.

ER Aber doch net den meinen! I hab doch gsagt: i machs selber.

SIE *schon leicht nervös:*
Des kenn i scho. Dann is die eine Hälfte verknüllt, und die andere fehlt.

ER Woher kennst du des? Du laßt mich ja nie Koffer packen.

SIE Jaja, weil i scho weiß, wies nausgeht. Jetzt schau amal her – und fall mir über nix drüber. Soll ich dein dunklen Anzug einpacken?

ER steigt gelassen über die Schuhe, die bereitstehen, und nimmt prüfend den Anzug beim Ärmel, den sie ihm hinhält.

SIE *drängend:*
Sag halt? Willst den mitnehmen?

ER Den? Ja – wieso? Brauch i den?

SIE Des weiß ich doch nicht. Drum frag ich dich ja.

ER Ja – i brauch 'n net. I will ja net heiraten – bloß in Urlaub fahrn.

SIE *seufzt:*
Dann nicht. Dann häng mir 'n wieder in Schrank nei.

ER Halt – Moment, Mama! Nur net hetzen! Wieso? – Hast du denn gmeint, daß ich 'n brauch?

SIE Noja – nur fürn Fall, daß mir amal a bißl elegant ausgehn. Aber wenns d' net willst . . .

ER Dochdoch, selbstverständlich . . . Wenn du möchtest . . .

SIE *verunsichert:*
Ich? Noja – also . . . mitnehmen können mir 'n ja. Dann bist so gut, Ludwig, und holst mir aus der Papierschublad a Seidenpapier. Des steck i dann dazwischen, daß er net solche Büg kriegt.

ER Die kriegt er so und so, wenn er drei Wochen im Koffer liegt.

SIE Der liegt doch net drei Wochen unentwegt im Koffer! Mir bleibn doch immer wieder a paar Tag, wenns uns wo gfallt. Und da nimm i 'n dann raus. Der hängt sich schon wieder aus. Geh, hol halt 's Papier, sei so gut.

SIE nimmt den Anzug entschlossen vom Bügel. ER wendet sich betont langsam um und verharrt schon nach wenigen Schritten.

ER I weiß net recht, Mama . . . ob sich des lohnt, die ganze Rumzieherei mit dem Trumm. Und alls wegen *einmal* Ausgehn . . .

SIE Wir können ja auch zweimal ausgehn, Ludwig. Wär ja auch grad kein Luxus. Daheim komm ich sowieso kaum wo hin. Aber wenn du net willst, dann lass' mir 'n eben da. Bitte! Tun mir 'n wieder aufn Bügel . . .

ER *fällt ihr in die Arme:*
Nein, Mama! Wieso denn des jetzt wieder! Pack 'n nur ein! I hab doch gsagt, daß mir recht is. Du sollst amal in *dem* Urlaub des ham, was du willst. – Wohin willst denn dann ausgehn?

SIE Des weiß i jetzt noch net, Ludwig. Mir wern schon was finden. Überall gibts Festspiele oder was . . .

ER Gut. Gehn ma wo. – Wenns net ausverkauft is. Was natürlich sein kann . . .

SIE Oder daß ma ins Casino gehn? In Wiesbaden. Des hab i noch nie gsehn. Da solls so elegant sein, sagt der Maxl.

ER Gut, gehn mir ins Casino, wenns d' möchst. – Kommen mir überhaupt nach Wiesbaden?

SIE Also du bist scho gut, Ludwig! Du hast doch gsagt, wenn mir eine Deutschlandfahrt machen, dann müss' ma unbedingt am Main und am Rhein nauf, oder net?

SIE wirkt immer unsicherer. Dabei müßte sie seine bewährte Technik doch kennen: nämlich großzügige Zugeständnisse an ihre Wünsche so geschickt mit allen denkbaren Schwierigkeiten zu verbinden, daß sie entweder freiwillig und gern darauf verzichtet. Oder sein offensichtliches Opfer mit besonderer Anerkennung lohnt.

ER *betont ruhig:*
Ja, is ja recht, Mama. I frag ja auch nur deswegen, weil wir uns doch erst von Fall zu Fall entscheiden wollten, wo mir bleiben. Aber wenn du in Wiesbaden bleiben willst, bitte, dann bleiben wir in Wiesbaden. Und gehn ins Casino. Damits d' auch amal a Freud hast. – Hoffentlich is nicht recht schwül.

SIE Wieso jetzt des wieder?

ER Weils da droben gern schwül is. Weißt ja, wenn der Maxl in Frankfurt is, jammert er immer. Und da wär mir natürlich der dunkle Anzug dann schon lästig. Abgsehn von der Überhitzung, die aa net gut is für mein Kreislauf.

SIE *erregt:*
Dann lass' mir 'n da! Weg damit und basta!

SIE will den Anzug wieder auf den Bügel und zurück in den Schrank hängen. Das Jackett fällt zu Boden.

ER *mit raffiniert mildem Tadel:*
Jetzt reiß doch net so rum, Mama. Was bist denn so nervös?

SIE Ich bin nicht nervös! Du machst mich nervös! Dauernd dein Hin und Her mit dem blöden Anzug.

ER Aber Mama! Ich hab 'n doch überhaupt net berührt! I weiß gar net, was d' hast! Du tragst 'n doch ständig hin und her. Nur du! Ich hab ja von vornherein gsagt: Nimm ihn mit, wenn du ihn gern mitnehmen willst.

SIE *aufgebracht:*
Ich! Ich will überhaupt nix! Von mir aus können mir sogar ganz dableiben!

ER Wieso denn jetzt plötzlich? Was is denn auf einmal los, Mama?

SIE Auf einmal! Seit Wochen merk ich schon, daß dir die ganze Reise net paßt. Wir hättens machen solln wie immer: und drei Wochen auf einen Fleck setzen und aus. Das is für dich das einzig Wahre!

ER Wer sagt denn des?

SIE Ich. Weil ichs weiß. Du willst dei Ruh ham. Du hast ja auch des ganze Jahr über genug Leut um dich. Bloß ich hab nur mei Wohnung: am Vormittag zum Saubermachen, am Nachmittag fürs Kind – und am Abend fürs Fernsehen. Ich wollt halt auch amal a bißl was erleben!

SIE ist dem Weinen nah. Und nichts macht ihn hilfloser. ER nähert sich ihr vorsichtig, zumal ihn die offene Schranktür auch noch behindert, und hebt das Jackett auf.

ER Da schau her, Mama, nimms und laß dir was sagn . . .

SIE Und sag net immer Mama zu mir!!! Ich bin nicht deine Mama!

ER *begütigend:*
Des weiß ich schon. Aber du sagst ja auch Vater zu mir.

SIE Weil mas halt von die Kinder her gwöhnt is.

ER Eben. Und warum soll jetzt des plötzlich nimmer recht sei – nach mehr als dreißig Jahr . . .

SIE *nachbockend:*
Ja, stoß mir nur d' Nasn drauf, damit i ja net vergiß, wie alt ich bin.

ER *tätschelt sie:*
Geh, Muckerl! Bin ich jünger? Und überhaupt – was hat denn des scho zum bedeuten? Also du hast dich jedenfalls kaum verändert in der ganzen Zeit.

SIE *hoffnungsvoll:*
Findst du?

ER No sicher.

SIE Wirklich, Ludwig?

ER No, wenn ich dirs sag: Dein Reisefieber hast zum Beispiel schon seit ich dich kenn.

SIE *enttäuscht:*
Wenn des alles is . . .

ER Nanaa, da is scho no was anderes aa no. Aber des sag i dir dann später. Jetzt laß zerst amal die Packerei sein. I hab dir doch gsagt, i machs selber. Des hab ich doch früher auch gmacht. Und bin sogar bis in Ural kommen – und wieder z'rück – ohne dich.

SIE Aber net mitm guten Anzug.

ER Drum hats aa nix wern könna – weils du net dabei warst. Aber morgen nimm i di ja mit. Es wird scho wern. Jetzt laß mir nur Zeit. Des krieg i scho.

Sein Feldherrnblick überstreicht das Gelände. SIE schiebt ihn vorwärts – auf seinen Koffer zu.

ER Immer langsam, Mama, mir fahrn ja erst morgn. Und selbst da nicht zu früh. Du weißt, ich bin eine Eule.

SIE *verwirrt:*
Was bist du?

ER Eine Eule. Du dagegen bist eine Lerche.

SIE I bitt dich, Ludwig! Werd jetzt net aa no poetisch vor die offenen Koffer.

ER Aber Luise! Des hat doch mit Poesie nix zu tun. Des is mein Biorhythmus.

SIE Dein was?

ER Mein Biorhythmus. Jeder Mensch hat doch eine bestimmte biologische Leistungskurve. Und danach bin ich eine Eule.

SIE *wird wieder nervöser:*
Ja – meinetwegen – is scho recht – wenns d' meinst . . .

ER Des mein net ich. Des sagn – die Biologen oder wer. Die haben diese Typen entdeckt. Und der Eulentyp wird eben erst gegen Abend munter. Übrigens sind die meisten Männer Eulen: abends munter.

SIE Ja, des kenn ich! Du und dein munterer Flügelschlag! Da – da flatter zu deim Koffer hin! Komm!

Wieder schiebt SIE ihn auf den Koffer zu und versucht, ihm dabei auch noch ein paar seiner Hemden in die Hand zu drücken. ER scheint keine Notiz davon zu nehmen.

ER *dozierend:*
Nein, i sags ja nur ganz allgemein, Luise! Frauen sind nämlich im Gegenteil dazu meistens Lerchen: Frühaufsteher . . . so wie du.

SIE Kunststück, wenn i muß! Wer macht denn sonst den Kaffee?

ER Ja – aber du bist morgens gleich auf Tempo. Während du abends beim Fernsehen einschlafst. Des is eben dein Biorhythmus.

SIE Nein, des is as Programm.

ER Nicht nur. Glaub mir, dein Typ ist »Lerche« – und des macht sich eben überall bemerkbar.

SIE Ja! Wie schon der Dichter sagt: »Die Lerche in die Lüfte steigt«. Und da wer i jetzt bald droben sein, Vater, wenns d' net 's Packen anfangst.

ER Weil du eben nervös bist! Des sag ich scho lang. Und erschöpft. Höchste Zeit, daß ma in Urlaub kommen, Mama. Du wirst sehn, nach drei Wochen bist du ganz anders beinand.

SIE Wenn mir nur scho fort wärn.

ER Sin mir. Morgen. Jetzt setzt dich amal da her und schaust mir zu, wie ich Koffer pack.

ER nimmt sie bei der Hand, schiebt sie voran und die Wäschestapel beiseite, um ihr auf dem Bett einen Sitzplatz zu schaffen. Dann hebt er seinen Koffer vom Stuhl und kippt, ohne weiter hinzusehen, alles, was sie schon eingepackt hat, mit einem Schwung neben sie.

SIE *entsetzt:*
Was tust denn jetzt wieder, Vater! Warum schmeißt denn alles wieder naus?

ER Weil ich beim Kofferpacken mein eigenes System hab, Mama: rechts d' Unterwäsch – links d' Hemden – in der Mitten d' Sockn.

SIE Geh, Papa! Wenns d' so locker packst, bringst ja den Anzug bestimmt nicht nei!

ER Des weißt jetzt noch gar net. Jetzt laß mi nur amal machen und halt di schön staad, Bäzerl, sonst fallt bloß alls nunter.

ER tätschelt sie liebevoll. SIE seufzt ein bißchen. Und sieht dennoch das Urlaubsglück in freundlicher Nähe.

SIE Mei, Ludwig – mit dir wenn ma verheirat is . . .

ER . . . da kann ma was erleben, gell? I aa mit dir. Und was dabei noch alls rauskommt – des sehn mir dann schon, mir zwei . . .

ER&SIE